¿Por qué los caracoles tienen antenas si no son insectos?

¿Por qué los caracoles tienen antenas si no son insectos?

40 Cuentos

Franklin Briones Alcívar

ISBN: 9798867864446

Lucas y el lobo
Pájaros
Así como tú y yo
Coitus interruptus
No mates a mi hermano
Hoy tampoco pude matar a mi padre

EXTRAÑOS EN EL BUS

Para Almendra Tello

Como cada vez que salgo a lo de hoy, espero en una parada hasta que veo venir un bus que me dé buena vibra. Esto es fundamental. De modo que recién cuando subo, pago, y tomo asiento en la última fila, es que marco en mi celular y ratifico qué línea he tomado y el número del bus.

Sentarme en el centro de la que llaman "fila de los locos" me proporciona una visión inmejorable. Puedo dominarlo casi todo, estar atento a las reacciones de quienes ocupan los asientos.

Hoy parecen estar cortados por la misma tijera. No tanto por el parecido racial, sino por la actitud: van todos ocupados en atender sus celulares. Todos, excepto una chica que, no me lo van a creer, lee un libro.

Ser testigo de algo tan fuera de uso está a punto de hacerme olvidar mi papel en esta historia. Sobre todo, porque me desconcierta su nivel de concentración.

¿Qué trama tan fascinante será esa que no le permite perturbarse ni por el zangoloteo del bus sobre las calles con baches, o el constante subir y bajar de la gente en las paradas?

Por cierto, es necesario decir que nadie se ha atrevido a sentarse junto a ella. Tres, quizá cuatro, se han detenido cerca, la han mirado, y se han alejado en busca de otro lugar.

Es entonces cuando recuerdo aquél refrán de que no hay quinto malo, y me levanto, y camino hacia su fila y me siento a su lado, dispuesto a demostrarme que no a todos los hombres asusta una mujer que lee.

Ella no se da por enterada.

Y entonces suena mi celular. Lo saco (es tan viejo y sencillo que debería darme cierta vergüenza) y aviso:

—Vale la pena: al menos diez son inteligentes.

Ahora sí la lectora parece denotar cierto interés en lo que he dicho. Me mira apenas una micra y retorna a su lectura.

Cierro y luego trato de descubrir qué obra es y de quién. Asunto difícil: mis ojos ya no dan para leer a tanta distancia.

En la siguiente parada dos chicos suben, sacan sus pistolas, y sentencian:

—¡Si nadie se mueve...

—Nadie se muere!

Lo que ocurre a continuación parece una coreografía muy bien ensayada. Uno de ellos se queda plantado allí mismo, las piernas bien abiertas, con el arma en un constante ir y venir horizontal, listo para disparar si fuese necesario. El otro camina hacia el fondo del bus, asume una posición igual a la de su aliado, y entonces grita:

—¡Hey, anciano! ¡El de la camiseta verde!

Con esa particularidad, es obvio que el llamado es para mí y, según el guion, debería levantar las manos de inmediato y volver mi rostro y pedir con voz entrecortada:

—Por favor, no me haga daño. Haré lo que usted quiera, pero no me mate.

Solo que, justo un par de segundos antes, la chica que lee ha cerrado su libro y se ha puesto atenta, en espera de lo que fuese a suceder. Cuando alguien grita: "¡Hey, anciano! ¡El de la camisa verde!", ella mira mi rostro, luego el color de la camisa, otra vez el rostro, y susurra:

—Es a usted, señor.

Yo hago como que la cosa no es conmigo y me inclino un poco para leer la tapa de su libro: Dos extraños en un tren, de Patricia Highsmith.

Yo me quedo algo patidifuso. Aguzo mis sentidos: no pasa de veinte.

—Excelente novela —comento—. Alfred Hitchcock la adaptó al cine. ¡Una historia tan bien construida! ¿Le gusta el suspenso?

—Por supuesto —responde, sin desligarse de los delincuentes—. Si un libro, o película, no tiene suspenso, no vale la pena. También aquí hay un poco de eso.

Yo afirmo y le sonrío mientras me levanto, me pongo en situación, e imploro:

—Por favor, no me mate. Haré lo que usted diga, pero no me mate.

—Venga —me pide uno de los chicos—. Tome esto.

Es una mochila que antes colgaba de sus hombros y ahora la deposita en el suelo.

—Ábrala —me ordena.

Lo hago de inmediato. Está repleta de libros. Tantos que algunos caen.

—Dele uno a cada pasajero —me ordena el chico más cercano mientras el otro empieza una perorata, con ese acento a leguas fingido:

—Buenas tardes, damitas y caballeros, nos hemos subido a esta unidad de transporte gracias a la buena voluntad del señor chófer, a trabajar honradamente, después de estar en la cárcel más de un año. Pero no por robo, damitas y caballeros, sino por ejecutar a unos mal educados. O sea, no éramos ladrones sino más bien sicarios.

Para entonces ya estoy entregando los primeros libros.

Desde atrás. Apuntados, como están, no hay quién se resista, aunque no faltan las caras feas.

—Pero eso ya es historia —continúa el ex sicario— damitas y caballeros. Ya estamos regenerados. Hemos pagado nuestra deuda con la sociedad. Ahora, como ya han visto, no hemos venido solos, sino acompañados de unos libros maravillosos que el anciano aquí presente se ofreció a entregarles. No lo dejen con la mano estirada, damitas y caballeros. Recuerden que odiamos la mala educación.

Y mueve el arma para darle peso a sus palabras mientras continúo con el reparto hasta que termino.

Levanto las manos y le muestro que me sobran dos obras.

—Para usted, anciano —me dice el chico de la parte trasera.

Yo hago un gesto de agradecimiento y vuelvo a sentarme junto a la lectora, cuyos ojos no han dejado de ir de uno a otro delincuente.

—Usted se preguntará cuánto le cuesta, cuánto le vale... Pues, damitas y caballeros, esos maravillosos libros que ahora tienen en sus manos, no les cuestan ni cinco dólares, ni tres dólares, ni siquiera uno. ¡No les cuestan nada!

—¡Nada más que el celular!

Y al unísono:

—¡Entreguen sus celulares, carajo!

—¡Solo los inteligentes!

—Los otros, los que solo sirven para llamar, pueden quedárselos.

Y es ahí que empiezan un barrido en ambos sentidos.

Y en un santiamén, la mochila que antes cobijó libros ahora guarda celulares.

En el siguiente acto, los chicos corren hacia la salida mientras el bus se detiene.

El asunto ha durado exactamente lo que tarda ir de una parada a otra, en este sector tan congestionado.

Antes de bajar, uno de los muchachos (qué importa cuál) anuncia:

—No podemos irnos sin darles una buena noticia, damitas y caballeros: El que quiera recuperar su aparatito, solo tiene que leer el libro y llamar después a su propio número. Nos resume lo que leyó y, si pasa la prueba, se lo devolvemos.

—¡Lea un libro y recupere su celular! —grita el otro.

—¡Y su vida!

Bajan y desaparecen entre el tráfico.

En el bus, se arma tal lloriqueo que me da la impresión de que aquí no ha habido un intercambio de objetos, sino una matanza de inocentes.

A mi lado, la lectora parece escrutarlo todo. Finalmente, como si recordara algo, se detiene en mí. Siento que tiene la intención de ponerme en evidencia.

—¿Qué obra le tocó?

—Eso no importa ahora —responde seca.

—Sí importa —le digo—. Debo bajarme en la siguiente parada, pero antes quería obsequiarle este par de libros. Mire este: también es de Patricia Highsmith: El talento de Míster Ripley, el cual es un fascinante viaje a las tinieblas. Le encantará. Y este otro, de nombre muy largo: ¿Por qué los caracoles tienen antenas si no son insectos? De un tal Briones.

Se los ofrezco, pero ella los ignora. Me escruta.

—Usted es parte de la banda.

—¿Perdón?

—Usted dijo por teléfono: "Vale la pena. Al menos diez son inteligentes."

Cada palabra suya martillea mis neuronas.

—Y me he puesto a contar —sigue— y, efectivamente, al menos fueron diez los que se llevaron.

Me siento perdido. Sin embargo, intento sonreír.

—¿Por qué sonríe?

—Porque usted es la mejor prueba de que una mujer que lee es una mujer peligrosa.

UN HOMBRE SIN AMIGOS

El bus que nos lleva rumbo a Manta se detiene de pronto. Recoge a un pasajero al cual Almendra no le quita los ojos hasta que este termina de avanzar por el pasillo y se sienta en la última fila. La de los locos, le dicen.

Ella me habla casi al oído.

—Ese hombre mató a su propia familia.

Yo la miro, escudriño sus ojos: hay temor real en ellos. Intento volver los míos hacia el fondo del vehículo, pero ella me lo impide:

—No lo mires.

—¿De dónde lo conoces?

—Hace tiempo vivía en el mismo barrio que mi padre.

—¿Es amigo de Harry?

—Ese hombre no tiene amigos. Después que mató a su familia, estuvo catorce años preso y cuando quedó libre volvió, pero él no habla con nadie. Todos le tienen miedo.

—¿Por qué mató a su familia?

—Yo era chiquita cuando lo hizo —justifica—. No sé bien la historia. Solo sé que mató a su papá, a su mamá y...

—¿A su propia madre? —la interrumpo—. Al padre a veces se justifica, pero ¿matar a la propia madre?

—Y también a su hermano. A él, para quedarse con su mujer.

Estoy por decir algo, pero una brusca frenada del autobús me saca de la historia. Puedo escuchar cómo el motor se apaga y cómo —en los segundos siguientes— el chofer intenta encenderlo de nuevo.

Inútilmente.

Pronto el oficial nos informa que otro autobús vendrá por nosotros.

La gente comienza a bajar mientras Almendra y yo permanecemos alerta. Cuando el hombre cruza el pasillo veo que tiene barba. Densa. Fuerte. Tupida. No es de estos rumbos, donde casi todos son lampiños. Raspados, les dicen.

Cuando ha bajado, Almendra y yo nos levantamos y salimos del autobús.

El hombre camina hasta alejarse del grupo, quizá para no verse obligado a conversar con nadie. O quizá para tenerlos a todos en la mira.

Él se percata de que yo lo observo. Camino hacia él: debe andar entre los treinta y cinco y los cuarenta. Sumo los catorce entre rejas, más los seis que Almendra vive conmigo, y concluyo que mató a su familia cuando era adolescente. Una edad en la que hasta yo mismo hice cosas horribles. Cosas que me atormentan de vez en cuando. Cosas que jamás voy a contar.

Lo veo ponerse alerta cuando me acerco. Retrocede un par de pasos. Pero yo no me detengo frente a él, sino que sigo de largo y finjo que lo que he venido observando es un puesto policial destruido por el terremoto reciente.

Mientras miro las ruinas puedo intuir sus ojos sobre mi espalda. Cuando me vuelvo él está apenas a un par de pasos, observando lo mismo que yo.

–Una pena que no haya habido aquí ni un solo policía cuando tembló la tierra y tiró abajo este edificio.

Él esboza una sonrisa casi imperceptible. Yo siento que di en el clavo.

–Usted no es de por aquí.

–Usted tampoco –responde, con un ligero tartamudeo. Sopesándome mientras yo hago lo mismo.

–Estoy acá a partir del terremoto. Tengo dos pequeños que fueron afectados emocionalmente. ¿Y usted?

–Yo no tengo hijos –responde, casi cortante–. Yo no tengo a nadie.

–Lo que le peguntaba es desde cuándo vive en Los Bajos.

—Soy de Junín —otra vez cortante a pesar del tartamudeo—. Solo vine a la iglesia.

—A la iglesia? ¿En su pueblo no hay?

Él no me responde.

Se vuelve hacia el grupo que espera el autobús y finge mirarlo.

Yo lo observo escudriñar a Almendra mientras intento encontrar razones para que alguien venga de tan lejos a una iglesia tan pequeña y sin historia. Y sin sacerdote la mayor parte del tiempo.

—Parece muy seria su hija —me dice, sin volverse.

—Es mi mujer.

Él se vuelve y se manotea la nuca como si lo hubiese picado una avispa. No atina qué decir durante un largo instante en que me escudriña los ojos. Luego el cuerpo de arriba abajo.

—Es muy seria —comenta, con una voz que suena lejana—. Tiene suerte, siendo tan viejo.

—Eso dicen —sonrío ligeramente.

—Yo —acentúa la tartamudez—... Yo... yo... solo he conocido mujeres coquetas. Me hacen dar coraje.

"¿Y qué hace usted? ¿Las mata?", estoy por decir, recordando mi propio pasado. Pero entonces llega el autobús de reemplazo y Almendra me llama.

Mientras veo que ella sube, a él le suelto una pregunta:

—¿Cuál es tu apellido?

Me mira un instante largo antes de responder:

—Bravo. ¿Y tú□?

—Briones.

—En la cárcel conocí□ a un tal Briones. Muy verraco —me ofrece su mano y me mira a los ojos— ¿Has estado preso?

—Solo un par de horas —mientras algo se desentierra en mi memoria, le explico—. He tenido algo de astucia

Me da un apretón de manos.

—Que el justo juez siga protegiéndote —me dice, sin el menor tartamudeo. Y me invita a subir.

Lo hago.

Me siento junto a Almendra.

El hombre se queda cerca de la puerta. Antes de llegar a Montecristi hace detener el autobús.

Baja.

Camina hacia La Saiba, el prostíbulo de este pueblo de paso, mientras yo intento atar algunos cabos sueltos de mi vida también errante.

NI UN DÍA MENOS

—¿Cuántos años tienes?

—Trece, señor.

—¿Trece? —pongo cara de pavor—. Me mandarían a la cárcel el resto de mi vida y no quiero ni pensar en lo que me harían allá dentro.

—Cumplí años ayer, señor —corrige ella—. Hoy ya tengo catorce.

—Esa es aún una edad peligrosa —alego—. La ley está muy dura con los hombres.

—Le diré la verdad, señor: tengo quince.

—Me condenarían igual.

—Y entonces, señor: ¿cuántos años debo tener?

—Dieciocho —respondo—. Ni un día menos.

—Sé de chicas que no han cumplido ni los catorce y ya tienen hijos, señor. O abortos.

—Yo sé de hombres que son violados en las cárceles por acostarse con menores.

—No nos acostemos, señor —propone—. Usemos otra posición. Dicen que hay muchísimas. ¿Ha oído hablar del Kama Sutra?

—Decir "acostarse" implica tener sexo en cualquier posición y lugar, no solo en la cama. No tendré sexo con una menor.

—Usted se preocupa por gusto, señor. Con plata todo se arregla. No lo condenarían ni porque yo tuviera once.

—Tienes razón —acepto—. Aún si me condenaran, mi abogado podría repartir plata para que me dictasen prisión domiciliaria o grilletes electrónicos mientras el público disfruta el escándalo que provocarían los medios para desviar la atención de lo que realmente debería importarnos: la porquería de políticos que tenemos.

—¿Entonces valgo el sacrificio, señor?

—¿De verdad eres virgen?

—Se lo juro, señor.

—¿Qué clase de virgen?

—Ahí sí que no lo entendí, señor.

—Conozco chicas que son vírgenes solo por la vagina. ¿Entiendes?

—¿Usted quiere saber, señor, si he tenido sexo anal?

—Eso mismo.

—No lo he tenido, señor —pone rostro de terror—. Yo le tengo pánico al dolor. Y dicen que eso duele muchísimo.

—Solo al principio y, además, te untaré crema dilatadora —le prometo—. ¿Y esos labios, tan carnosos, qué han hecho, aparte de rezar incongruencias día y noche?

—Ni siquiera han besado, señor. ¿Pero acaso se puede hacer otra cosa con ellos?

—Sexo oral. Sabes lo que es eso ¿no?

—Ay, señor, ¡Ya le dije que soy virgen!

Me recuesto en la cama sin quitarle el ojo que me queda: la faldita del uniforme la hace lucir muchísimo más joven.

—Realmente pareces de trece.

—Ya tengo dieciocho —miente.

La contemplo con amor —aunque a esta altura ya nadie crea en eso— tanto como con lujuria (aunque esto sea algo que, en público, todos condenan).

—Quítate todo y cabálgame —le ordeno mientras comienzo a deshacerme de mi ropa—. Lo primero con suavidad y lo otro tan intensamente como si quisieras vengarte y dejarme tieso para siempre.

—No me diga qué hacer, señor —responde al mismo tiempo que se quita la blusa y la faldita de colegiala—, que ya conozco mi papel en esta historia.

La contemplo boquiabierto.

—¿No le gusta el color palo de rosa, señor? Usted hubiese preferido rojo pasión, ¿cierto?

Antes de que pueda responderle, ella se desembaraza del sostén.

—Ya que equivoqué el color —continúa—, no me queda otra que quitármelo todo.

Y sin más se baja el calzón palo de rosa y lo lanza hacia mí que a estas alturas del encuentro no tengo ojo más que para su vagina.

Ella se percata.

—Ni un pelo, señor —confirma—. La ocasión lo amerita ¿no?

Me desnudo por completo.

—¿Ya sabes lo que quieres después de hoy?

—He pensado en Marilyn.

—¿Marilyn?

—Sí, señor —sonríe pícaramente—. En Marilyn Monroe y su último amante.

—¡Eso me va a encapar! —grito—. Ser el último amante de Marilyn no es cualquier cosa.

—No será como imaginas —aclara mi mujer mientras sube a la cama y se pone a horcajadas—. El amante seré yo. Tú serás la Monroe.

PIEL

—Nadie tiene que venir a decirme lo que ya sé, doctor: desollar vivo a un ser humano es uno de los actos criminales más perversos y sádicos que la historia registre.

—Más aún si esa piel es la de una mujer inocente, señor Briones.

—¿Inocente? —protesto. Y estoy a un tris de levantarme de la silla—. Se ve que del caso usted no sabe nada.

—Eso es cierto, señor Briones —se arrellana en su poltrona el tipo mientras acaricia la pera de su barba grisácea—. Cuénteme la historia desde el principio.

—Jamás hablo con policías.

—¿Acaso tengo cara de serlo?

—Basta inhalar un poco de este aire viciado, y que mi único ojo le dedique un instante, para tener la certeza.

—Soy el psiquiatra que hará el peritaje.

—¿Peritaje? ¿O informe policial?

—El sistema necesita saber si usted ejecutó el acto del que lo acusa en pleno uso de sus facultades.

Guardo silencio.

Mi ojo único recorre la habitación: aunque al otro lado de la puerta de vidrio un par de uniformados parezcan interesados en mí, la limpieza y tantos títulos colgando en las paredes podrían hacer concluir a cualquier otro que esto no es una dependencia policial.

Miro la silla en que estoy sentado. Siento su dureza.

—¿Y el diván?

—¿Qué diván?

—Todo psiquiatra tiene uno, ¿no?

—Por culpa de una ex loca, Madame Benvenisti, que le regaló uno a Sigmund Freud, nos lo impusieron como símbolo.

—¿Y usted es anti freudiano?

—Señor Briones, Freud fue sicoanalista y yo soy psiquiatra. Y no estamos aquí para hablar de las diferencias entre uno y otro sino de su caso. Así que cuénteme. Lo escucho.

—No me gustan los loqueros que intentan establecer siempre un vínculo entre los cuadros mentales y las experiencias traumáticas de la niñez y que lo primero que te preguntan, ni bien yaces tumbado en el diván mirando hacia el cielo raso, casi siempre blanco, es por tus padres. Desde ya le digo que ellos no tienen nada que ver.

—Pues aquí no hay diván ni tiene que hablar de sus padres, si no quiere. Usted es libre de decir lo que sea. Todo lo que se le venga a la mente. No intento curarlo, señor Briones, sino oírlo. El sistema necesita saber. ¿Cómo empezó todo?

—Cuando perdí la visión total de mi ojo izquierdo, y la mitad del otro, y el terror a la ceguera me impidió dormir. Fue entonces.

Callo.

El silencio se hace tan prolongado que el sujeto empieza a mostrar ciertos signos de ansiedad. Lo estiro todo lo que puedo y luego le suelto:

—Le hablaré al doctor. ¡Jamás al policía!

—Hágalo.

Aún me doy modos para otro momento de silencio. Y no es porque no sepa qué decir.

—¿Sabe usted lo que es pasar en vela la noche contemplando la desnudez de una mujer hermosa y treinta y cinco años más joven? ¿Sabe lo que es acariciarla a gusto y besarle cada abertura una y otra vez y de todas las formas imaginables mientras ella duerme? Usted se obsesiona con su piel, doctor. Se obsesiona. Y entonces cuando un día equis, por a o be razones, ella no ocupa su cama, qué soledad la de sus dedos: ya no tienen ese territorio que recorrían noche tras noche y que los hacía sentirse vivos.

—Y entonces la despelleja.

—Un acto nada fácil. Sobre todo, por el llanto que le invade mientras lo realiza. No es la piel de un ser cualquiera. Es la de la mujer que usted ama. Y tiene, además, que quitarla intacta. Y para lograrlo está obligado a trabajar con todos sus sentidos. A plenitud. Y empezar por las orejas. Sí: usted corta de oreja a oreja, siguiendo la línea del cabello en la parte posterior de la cabeza. Luego, desde el centro de esta línea, usted le hace un corte hacia abajo hasta la mitad de la espalda. Tiene que ser exacto. Solo así podrá separar la piel de los otros tejidos, sobre todo de los cartílagos. Son muy pegajosos, doctor. En extremo. Por eso, lo mejor es hacerlo no con cualquier cuchillo sino con uno curvo y corto. Si utiliza uno largo y con punta, estropea la piel. Usted, que es psiquiatra, pero también policía, podría usar el instrumental reglamentario. Le iría perfectamente. Sobre todo, para quitar la piel de la parte inferior de las piernas, de los muslos, de las nalgas. ¿Ama usted la piel de alguien, como para despellejarla?

—¿Cuánto tiempo tardó en hacerlo usted?

—Un experto no tardaría más allá de una hora. Pero si usted está trastornado por el amor a esa piel y, de remate, hurgando en el interior y llorando mientras lo hace, obvio que el tiempo será otro. Una eternidad.

—¿La despellejó mientras aún estaba viva?

—Una mujer despellejada viva, en ese trance de dolor extremo, puede llegar a una especie de éxtasis y contemplar lo que hay más allá de este mundo, suspendida como está entre la vida y la muerte. Eso, si ella es creyente. La mía no. Además, desollarla viva implicaría torturarla e inundarlo todo de sangre, aparte de que la piel no saldría intacta. Y usted la quiere de abrigo. En realidad, lo que usted intentaría sería descubrir qué hay bajo la piel. Qué pensaba realmente esa mujer. Cuáles eran sus sentimientos por usted. ¿Lo amaba? ¿Quizás a otro?

—Es su caso, señor Briones, no el mío. Use el pronombre adecuado.

—De cualquier manera, doctor policía (¿Es capitán, teniente, o coronel?), lo que se puede descubrir en el interior de la mujer que usted ama es como para ponerle fin a su mundo. A los lazos que lo mantienen unido a la humanidad. Todo puede acabar ahí, en el momento en que usted se sumerge en su interior y descubre lo que ha cubierto esa piel. ¿Por qué el cerebro humano no es tan flexible como la piel, doctor?

—¿Qué descubrió, señor Briones?

—Las ideas de esa mujer acerca de usted, eran muy rígidas. Era inflexible con lo que usted decía o hacía. Inflexible, solo con usted. No así con otros hombres, estoy seguro.

—¿La piel que cubría la superficie de esa mujer vibraba musicalmente si usted la acariciaba, señor Briones?

—Era música pura cuando la conocí, doctor. Y fue así durante un largo, muy largo, tiempo.

—Estirar el tiempo quizá fue el problema.

—El tiempo, doctor. Las edades.

—Usted no representa la edad que, según sus documentos, tiene. Aún en la situación en que se halla, parece tener el espíritu joven.

—La edad que siempre he tenido es la edad de la piel que acaricio, doctor.

—Me gusta esa frase, señor Briones.

—Pero la fragancia que exhalaba cuando la conocí, la de una vida que apenas empieza, se fue transformando con el tiempo. Y enfermé, doctor. Quedé casi ciego. Y entonces ella empezó a percibir mi fragilidad. Mi piel perdió sintonía con la suya. Y la piel es una metáfora viva de lo que sentimos. Alegría o tristeza. Amor o desamor. Desprecio, Odio también.

—¿Y por eso la despellejó?

—¿Acaso necesita otras razones?

NO ME HAGA PERDER LOS ESTRIBOS

Mis nudillos tocan la puerta tres veces mientras compruebo la hora en el reloj que cuelga en el pasillo.

—Pase, señor Briones —me dice alguien desde adentro y la voz me paraliza un par de segundos.

No logro descubrir por ningún lado nada que lo haya alertado de mi llegada. Empujo la puerta y entro. Vuelvo a cerrar. No hay nadie detrás del escritorio a primera vista. Pero del sillón sale una voz:

—Tome asiento, señor Briones.

Me dan ganas de ponerlo en su sitio y aclararle que no acostumbro a recibir órdenes de nadie, pero aún no lo veo. Así que ajusto mi ojo y ahora sí alcanzo a vislumbrar a un pequeño ser hundido en un sillón de respaldo desmesuradamente alto.

—Cuénteme, señor Briones. ¿Cuál es su problema?

—¿Quién le ha dicho que tengo un problema? ¿Y por qué me llama señor Briones?

—¿No es usted el señor Briones?

Yo pongo un rostro que denote desconcierto.

—¿Usted sabe quién soy? ¿Soy el tal Briones?

—Si está aquí es que debe serlo. Usted pidió una cita conmigo.

—Yo jamás pedí cita con nadie.

—Yo no soy nadie.

—Si no es nadie, ¿quién es usted?

—Soy el doctor Smith Piguave. Psiquiatra.

—¿Psiquiatra?

—Psiquiatra. Graduado en Houston, con honores y especialización en demencia senil y en locura latina.

—¿Insinúa usted que los latinos estamos locos?

—Yo no insinúo nada. Es usted el que pidió la cita.

Me desconcierto.

Mi ojo único recorre las paredes repletas de títulos y otros adefesios.

—No me ha invitado a sentarme —lo increpo.

—Por supuesto que sí. Apenas usted entró le pedí que tomara asiento.

—¿Todavía puedo hacerlo?

—Claro.

—No veo ningún diván.

—Este es un hospital público —enfatiza—: Del gobierno.

—No es del gobierno —refuto—, sino del estado. El gobierno es transitorio, el estado es eterno. Perdón: no es eterno, pero podría serlo. Perdón otra vez: nada es eterno.

—Dios es eterno —sostiene.

Camino un par de pasos hasta el borde de su escritorio y estiro todo lo que puedo mi cuello y lo miro de tal forma que se sienta un insecto.

—Demuéstremelo —lo reto.

—Yo no tengo que demostrarle nada, señor Briones —me desprecia, con aires de perro rabioso—. Y, por favor, siéntese, que el tiempo se agota.

—El tiempo es inagotable —lo refuto.

—El de su cita, señor Briones. Por favor, no me haga perder los estribos.

—¿Los estribos? —pongo cara de anonadado—. ¿Tiene usted un caballo? Si estudió en Houston, usted ha de ser de Texas, claro. Y Texas fue territorio mejicano. Latino.

Smith Piguave cierra los ojos. Yo me siento, intento acomodarme, pero algo me estorba. Y es entonces que me percato de que una mochila cuelga de mis hombros. Me la quito con parsimonia y la pongo sobre mis piernas al mismo tiempo que el psiquiatra abre los ojos.

—Señor Briones, por última vez: ¿Está listo?

—Siempre listo, nunca tonto —digo. Y Smith Piguave denota desconcierto. Vuelve a cerrar los ojos. Cuando los abre, suspira con profundidad, saca una libreta y se dispone a tomar nota.

—¿Seguro que no tiene diván? —insisto, extrañado.

—¿Usted ve mucho cine?

—Como loco.

—Pues, señor Briones, yo no soy un psiquiatra de película americana.

—Querrá decir de película estadounidense. Americanos somos todos.

—¿Es usted anti estadounidense? —denota cierto fastidio.

—Eso a usted no le importa.

—Señor Briones: mientras sea mi paciente todo lo que diga o calle va a importarme —me increpa— . Y mucho.

—Lo que odio es la injerencia. El intervencionismo de ustedes —digo mientras palpo lo que llevo en la mochila. Casi nada, excepto algo metálico en el bolsillo más pequeño.

—Empecemos, señor Briones —dice, listo para tomar nota—: ¿Edad?

La curiosidad me mata así que mientras oigo la voz corro el cierre y palpo lo que hay dentro: ¡Un arma! —Sesenta y cuatro años, un mes, diecinueve días, ocho horas y ... (busco un reloj de pared, pero no lo hay) ... no sé cuantos minutos. Le ofrezco disculpas.

—¿No sabe cuántos minutos? —dice, extrañado.

—Perdóneme la imprecisión, pero desde que sucedió aquello no uso reloj.

—¿Desde que sucedió aquello? —se mueve Smith Piguave en la silla, intentando ser más grande— ¿Qué fue lo que sucedió?

Yo palpo el arma. Encajo mi dedo índice en el gatillo y ajusto el pulgar al mismo tiempo que un rayo golpea mi cabeza: ya sé para qué carajos estoy aquí.

—¿Qué fue lo que sucedió?

—Los gringos intervinieron mi país —le digo al mismo tiempo que saco el arma y lo apunto—. Pusieron una base en mi ciudad. Y unos soldados gringos violaron a mi novia. Desde aquel día siento unas ganas irresistibles de matar a cualquier gringo que se me ponga enfrente. Y más aún si me lleva la contraria.

Smith Piguave se hunde en el sillón hasta casi desaparecer.

—Guarde esa cosa, por favor —implora—. O, por lo menos, apunte para otro lado.

—Lo haré cuando usted me dé un certificado de que estoy más cuerdo que nunca.

—Pero yo no puedo hacer eso, señor Briones. Va contra mi ética.

—¿Su ética? —juego con el arma cerca de su rostro— ¿Solo porque es gringo tiene su propia ética?

Smith Piguave balbucea. Yo intento descifrarlo.

—¿Está rezando, doctor? ¿Es creyente, doctor? ¿Es psiquiatra y reza, doctor? —dejo de apuntarlo, absolutamente desconcertado—. ¡Dios mío, con razón el mundo está perdido! ¡Un psiquiatra creyendo en pajaritos que preñan vírgenes marías!

Tomo asiento, sin dejar de observarlo.

Continúa con sus silabeos otro rato hasta que se da cuenta de que he dejado mi arma sobre la mesa.

—Es de juguete, doctor —le digo.

Smith Piguave experimenta una sacudida emocional. Intenta recuperar su dignidad: se ajusta la corbata, plancha la camisa con sus manos, se acomoda en el sillón hasta parecer un gigante.

—¿Me dará un certificado de cordura, doctor?

—Lo que usted me pide, señor Briones, no es normal.

—¿No es normal? —me levanto mientras tomo mi pistola—. ¿Quiere decir que no soy cuerdo porque soy latino?

—Digamos, al menos, que no se ajusta al sistema.

—¿Por qué no me ajusto al sistema, estoy loco, doctor? —lo apunto con la pistola—. ¿Estoy loco?

—Ya no me asusta su arma de juguete, señor Briones.

—¿De juguete? —Me río. Más aún, me carcajeo—. ¿Realmente cree que es de juguete?

Smith Piguave me mira impasible. Luego chequea su reloj y anuncia:

—Se agotó el tiempo, señor Briones.

—El tiempo es inacabable —lo corrijo—. Excepto para los que mueren.

Y es entonces que acciono el arma y se produce el estallido.

PIPI CONLENTES Y COPETE

Las aguas lucen tan calmadas como casi siempre, no así el interior del poeta, con tanta agitación que presagia tormenta.

Le tiemblan las manos tan bruscamente que parecen sometidas a tirones de hilos invisibles.

Apenas puede sostener el IPhone.

De hecho, cuando deja de mirar el mar, y acerca el aparato para observar de nuevo la foto que lo ha perturbado, este se le cae y tiene que recogerlo.

No quita la mirada de su IPhone donde la imagen congelada muestra a una mujer en la portada de un libro.

Ella aparece de pie, en calzón y sostén, sonriendo pícaramente y metida entre las piernas flacas de un vejete, al parecer cortándole el cabello, pues sostiene en las manos una tijera y una peinilla.

El vejete está en pantaloneta, sentado en una silla, y le besa el ombligo, libidinosamente.

El poeta no se contiene y se da un derechazo en la mandíbula. De inmediato otro con la izquierda.

Sí, lo sé. Es difícil creer que así actúe un poeta y, sobre todo, un pensador excelso, que se autodefine como de otro mundo. Pero este poeta se halla perturbado, a punto del colapso. Tanto que necesita meterse un ansiolítico de inmediato. Y es a lo que se dispone. Solo que cuando va a tomarlo, suena su IPhone.

Al ver quién es, guarda apresuradamente la pastilla. Solo después, responde.

—Buen día, doctora Botinas. Pedí cita con usted porque estoy muy mal. Terriblemente íngrimo.

—¿Qué son esas media lunas bajo sus ojos? No me diga que tiene el ánimo estragado por el insomnio —comenta la doctora, luego de saludarlo con un gesto de la mano.

—Dormí algo, pero mi despertar es el de siempre. Hay un monstruo que me persigue.

—Usted está autodestruyéndose, Poeta. Ya no sé qué tratamiento darle. Desde que me habló de esa mujer de la portada, siento que su caso se ha complicado tremendamente.

—No diga eso, doctora Botinas. Yo ya dejé totalmente los ansiolíticos.

—Quizá dejó la adicción por las pastillas, pero cayó en la adicción por la imagen de esa mujer.

—No es una adicción, doctora. Tampoco es solo una imagen. Es una mujer, De verdad. Es la mujer de mi vida. La amo y ella me ama. Tres eternidades nos amaremos. Nos lo hemos prometido: hasta los huesos, hasta las cenizas.

—Lo que yo veo es que lo descalabra no poder tenerla. Y como todo es un círculo, usted pretende que yo le aumente su cóctel de pastillas.

—Ese monstruo, ese asqueroso vejete que la mete entre sus piernas, es el problema. Un mugriento, un impotente, un canalla, un rufián, es el problema, doctora. Se interpone entre nosotros a sol y sombra.

—Pero ese rufián, como usted dice, es el que está con ella, ¿no? Llegó antes que usted, Poeta.

—Ella lo odia. La hizo perder tantos años de su vida. La tuvo como cocinera y como esclava sexual. ¡Dios! En mis manos ya sería famosa. Es muy inteligente, muy creativa. Pero ese canalla, ese rufián, ese ególatra, solo quiere prostituirla. Si usted viera las fotos que publica de ella. Para todo el mundo. La hace ver como si fuera una conejita de playboy.

—¿Cree que está con él contra su voluntad?

—A veces creo que ella es capaz de todo. Absolutamente de todo, por el sexo, doctora Botinas. Se deja llevar por el sexo y no por el corazón.

—Lo que creo es que usted está naufragando, Poeta. Y si no acepta la realidad, terminará sintiendo que lo han arrastrado al fondo del mar.

—Lo que ya siento, doctora Botinas, es que me han arrastrado al fondo de la cloaca en la cual ese par vive.

—El trastorno de ansiedad con insomnio que usted sufre desde hace tantos años, Poeta, está agudizándose tanto que, a este paso, va a necesitar siquiatría. Una sicoterapeuta como yo, ya no podrá ayudarlo. ¿Tomó su dosis normal anoche o se excedió?

—La dosis de rutina, doctora Botinas.

—¿Qué gana con mentir, Poeta?

—Está bien. Tomé el doble, en todo. Pero aun así tuve una noche terrible. Esas pesadillas recurrentes que ya le he contado.

—¿Y hoy ha tomado ansiolíticos?

—Nada, doctora. Nada.

—A veces pienso que usted miente por compulsión, Poeta.

—Usted me agrede, doctora Botinas.

—Entonces hábleme con la verdad.

—La verdad es que tomé setenta y cinco de Clonazepam. Y también dos antidepresivos. Y por eso estoy, relativamente tranquilo.

La doctora lo mira de forma tal que parecería tener la certeza de que aquél poeta no ha tomado solo eso sino al menos una dosis más.

—Usted no puede seguir así, Poeta. ¿Quiere que le recomiende un psiquiatra?

—Mi trastorno no llega a tanto, doctora.

—Estimado Poeta: No hay día en que usted no despierte con una zona gris en su memoria. Lo suyo ya no es un simple trastorno de ansiedad.

—Necesito doblegar esa voz que me mantiene despierto. Estoy obsesionado con ese canalla, con ese rufián, con ese desdentado tercermundista.

—¿Desdentado tercermundista?

—El vejete de la portada. Escribe cosas que me perturban. No hay un minuto en que pueda sacarlo de mi memoria. ¡Estoy obsesionado con él! Es como una gran sombra que se ha instalado sobre mi ánimo, opacando, incluso, mis momentos más felices.

—¿Y usted cree que eso es tan amenazador como para duplicar su dosis de piedad química? ¿No puede afrontar la realidad sin benzodiacepinas?

—La realidad sin Clonazepam es demasiada peligrosa, doctora Botinas. Ese monstruo quiere destruirme. Es una amenaza. Necesito que me suba la dosis, para sentir menos. Cuando esté con ella, ya no necesitaré ningún ansiolítico, ningún antidepresivo. Ni siquiera necesitaré beber.

—Sentir menos a veces es una buena sensación, Poeta. Pero sentir menos de forma artificial también tiene consecuencias. Lo reprimido vuelve: toda la ansiedad que las benzodiacepinas enmascaran, cuando deja de tomarlas, retorna como un boomerang. Ya usted tiene harta experiencia con eso, Poeta. Pero se lo volveré a explicar: Si yo le subo la dosis ahora, solo por la coyuntura que atraviesa, cuando quiera dejar el Clonazepam, el síndrome de abstinencia será tan intenso y prolongado que podría dañar su cerebro. La recuperación tardaría años y su edad agravaría el problema.

—Ella me ayudará a superarlo todo, doctora.

—¿Recuerda usted el síndrome que le produjo la última vez que quiso dejarlas?

Sin aviso previo, todo el contenido del estómago del Poeta Pipí Conlentes y Copete sube a través del esófago y sale por la boca.

—¿Lo ve? Solo de recordarlo. Y al vómito y a los temblores habrá que sumar una paranoia tan intensa, un miedo irracional a la gente y a ciertos objetos. Y cuando ella tenga que salir de casa, por cualquier razón, usted tendrá terror de quedarse solo. Y si sale con ella, tendrá pánico de verse rodeado de gente. De hombres, sobre todo.

—Basta, doctora Botinas, no siga.

—¿Recuerda cuando se duchaba y creía que la ducha cobraba vida, y que en vez de agua echaba sangre sobre su cuerpo? ¿Recuerda que se negaba a comer porque todo lo que comía tenía el sabor metálico de la sangre?

—Ese monstruo me amenaza con beber mi sangre. No solo quiere matarme, sino beber mi sangre.

—¿Recuerda que se escondía debajo de la cama? ¿Qué tenía constantemente que abandonar su casa e irse a refugiar en habitaciones de hotel? ¿Lo recuerda, Poeta?

—Lo único que sé, doctora Botinas, es que, desde el veintiséis de agosto hasta ahora, he hecho una bajada a los infiernos, como nunca. Y que necesito incrementar la dosis.

—Señor Poeta: Desde que usted me consulta, yo he puesto atención a la globalidad y diversidad de sus síntomas —muy complejos, por cierto, dada también su bipolaridad— y le he explicado cuál debe ser el procedimiento para encontrar las causas y, en consecuencia, su bienestar. He estudiado su caso a conciencia y le he planteado soluciones. Pero usted no colabora. Mantiene con triple cerradura una parte muy importante de su pasado.

—Se lo he dicho todo, doctora Botinas.

—Me desconcierta que usted, una persona inteligente, prefiera salidas rápidas a su tristeza, a sus miedos, a su angustia, a sus fobias, y a su poca tolerancia a las frustraciones, metiéndose medicamentos en demasía, en vez de desarrollar mecanismos de defensa para disminuir la tensión y el estrés. Me da pena con usted, Poeta, pero no puedo incrementarle la dosis. Y, antes de cerrar, porque se acabó su tiempo, me gustaría recomendarle que consulte con un siquiatra. O con otra sicoterapeuta, una que le aplique el tratamiento invasivo que usted quiere. Le advierto, eso sí, que esas terapias lo podrían convertir en un ser patético e insoportable, obsesionado en la descripción de su desconexión del mundo, al cual estaría usted unido solo por el dolor y una desazón inenarrable.

El poeta cierra. Y ni bien lo hace marca, ansiosamente, otro número. Pero no logra conexión. Insiste una y otra vez. Inútil. Entra a Facebook, directamente a la página de ella y a su última publicación, la del anuncio del libro, en cuya portada ella hace de modelo. El enlace viene acompañado del texto que da nombre al libro: La mujer que leía a Fonseca.

El poeta empieza a leerlo. Lo ha hecho, desde que lo descubrió, en la mañana, ni bien despertó, tres o cuatro veces. Con cada palabra, siente que una fuerza lo empuja hacia abajo, lo presiona, y lo encoge y lo oprime, aplastándolo, haciéndolo sentir tan insignificante como un insecto.

Unas arcadas suben desde su organismo y salen por su boca, vomitándolo todo.

Entonces acciona su IPhone y envía un audio.

—Estoy bajoneado, Juana. ¡Ayúdame! —la voz debilitada, lenta y a destiempo.

El poeta suda, denota excitación, incomodidad. Finalmente, se deja caer de la cama.

Suena el IPhone.

Una mujer aparece en pantalla.

—Recibí tu mensaje, querido mío. Cuéntame.

—El pánico echó raíces en mí, Juana. No puedo superarlo sin pastillas. Y no es sólo mi ánimo sino mi cuerpo entero. ¡Estoy jodido de verdad! La vida me queda grande. No tengo energía para nada. Lo que antes me llenaba de ilusión, se ha tornado en un suplicio.

—¿Hablas de la mujer esa? ¿Qué pasó?

—Tenías razón y me traicionó.

—Yo te lo dije, querido.

—Yo me vacié con ella, Juana. Le confié toda mi vida: mis miedos, mis frustraciones, mis sentimientos, mis pesadillas y también mis sueños. Todo lo que haríamos ella y yo cuando nos casáramos.

—Yo te lo dije.

—Íbamos a recorrer el mundo, teníamos una agenda, para que se culturizara, porque con su anterior marido, ese monstruo infame, desdentado tercermundista, impotente, rufián, no viajó jamás. Ni la llevó a conciertos, ni a actos culturales, ni a nada. Y yo estaba preparándolo todo para que nada la perturbara, y aportar así a su crecimiento intelectual y se convirtiera en la modelo que merece ser.

—Yo te lo dije, querido mío.

—Hasta estoy por matar a mis gallinas, mis fieles y amorosas compañeras de siempre. Todo por ella. Y la muy perversa, se ha enconchabado con él y le cuenta todo sobre mi. Hasta mis secretos más oscuros. ¡No quiero saber nunca más de esa mujerzuela!

—Yo te lo dije, querido mío. Esa mujer es de la peor ralea. Perniciosa. Porque te quiero, te digo, te aconsejo, que dejes de pensar en ella.

—No me pidas eso, Juana.

—Ten un poco de voluntad, querido mío.

—No se trata de voluntad, sino de supervivencia. Si no sé de ella, mi vida será un infierno peor de lo que ya es. Me dará ansiedad, me dará un interminable ataque de pánico.

—Si llegas a ese punto, te tomas una pastilla de las que te recetaron y listo.

—Ya estoy harto de los ansiolíticos.

—También ellos son un asunto de supervivencia, querido mío.

Aparecen las gallinas haciendo un ruido fenomenal. El poeta denota miedo.

—Cuéntame, ¿qué ha pasado con tus pesadillas?

—No quiero hablar de ellas.

—Deberías hacerlo, querido mío. Las pesadillas recurrentes se producen cuando el subconsciente quiere decirnos algo sobre nuestra vida real. Sobre algo que no estamos controlando. ¿Continúan siendo las gallinas el motivo de tus pesadillas?

—No quiero hablar de eso

—Si me contaras más de lo que ya me has contado, mi ayuda sería efectiva. Y saldrías de ese círculo en que la angustia y el miedo no te permiten ni dormir bien ni vivir como debes.

—Todo es tan paradójico, Juana. Tomo pastillas para dormir, pero en cuanto lo logro empiezan mis pesadillas y despierto angustiado, en medio de mis propios gritos y de las alharacas de María Rosa, Gina María, Esther María y María Paz, que se picotean hasta desplumarse y sacarse los ojos. Y también de Tía Ligia, que permanece observándolo todo hasta que me ataca sin misericordia, picoteándome los ojos, el corazón, mi sexo.

Y cosa igual hace con una pollita a la que le puse el nombre de esa mujer. Y lo peor de todo es que no puedo defenderme porque estoy inmovilizado, desnudo sobre mi cama.

—¿Por qué los nombres de las gallinas? ¿Por las mujeres de tu vida?

—Sí, es una maldita tontería, pero sí, por ellas. Por las mujeres que me han amado.

—¿O sea que también tienes una puta gallina con mi nombre?

—No, no, claro que no, Juana. Tú eres diferente. Por favor, no mezclemos las cosas y dime ¿Por qué tengo pesadillas recurrentes?

—Tu subconsciente está avisándote que existe algo inquietante en tu vida, actual o pasada, aunque conscientemente no te des cuenta y no sepas de qué se trata.

—Solo sé que cada vez que las tengo, el aire me falta. Me angustio. Las pesadillas que tengo mientras duermo son mucho peores que las que vivo mientras estoy despierto. La de anoche, por ejemplo

—¿Me las cuentas?

El poeta lo piensa.

—Si no es a mí, a quien se lo vas a contar, querido mío.

—Es vergonzoso, Juana. Soñaba con esa mujer. Era un sueño muy hermoso que no viene a cuento. De repente, escuché unos golpes en la puerta y un cacareo a lo lejos. En la realidad acostumbro dormir, tú lo sabes, con piyama entero, incluso con un gorro y anteojeras, pero en el sueño estaba como Adán en el paraíso, con una hojita de parra cubriendo mi intimidad, y con los ojos sin vendas, desmesuradamente abiertos. Así que pude ver con claridad cuando se abrió la puerta de golpe y apareció Tía Ligia, volando alto, casi por el techo, a pesar de su vejez, mientras aleteaba y cacareaba estrepitosamente. Pero en vez del cocoroco de siempre, me decía "Eres un traidor, Pepe. Eres un maldito traidor, y te voy a dejar sin herencia. Ni un solo centavo, partido por la mitad, tendrás de mi seguro. Olvídate de esos ochenta y cinco mil dólares." Y me picoteaba los labios, intentando besarme.

—¿Esa gallina vieja te va a dejar ochenta y cinco mil dólares?

—A Tía Ligia siempre le gustaron mis labios. Me picoteaba y sacaba su lengua como si pretendiera darme un beso profundo. Las alas de Tía Ligia me abrazaron, inmovilizándome, y empezó a besarme mientras me decía que mis labios eran inconfundibles, que eran carnosos, nada que ver con los de Jenry.

—¿Jenry es el gallo?

—Jenry, el humano. El marido de mi tía. Pero déjame contarte: Yo permanecía con los ojos abiertos, mirándola fijamente, sin entender nada de lo que ella estaba haciéndome. De pronto, dijo "date la vuelta" y me hizo girar y me metió su espuela en el ano. Violentado, quise zafarme, pero no lo conseguí. Intenté gritar, pero fue imposible. No pude hacer nada más que mirar y sentir, lo juro.

—¿Entonces fuiste violado por Tía Ligia?

—Créeme que hice todo el esfuerzo por zafarme y Tía Ligia seguía montada sobre mis nalgas. No había sido un sueño, ni una alucinación, estaba ahí y todo lo que soñaba sucedía. Es más, el cuarto estaba lleno de gallinas. Gallinas de verdad. Tantas como mujeres he tenido en mi vida, y me atacaban y se repartían mis restos mientras yo permanecía con los ojos abiertos. Cuando por fin pude gritar, las palabras que salían de mi boca estaban hechas de sangre, y todas caían al piso y formaban un riachuelo que terminó por arrastrarme mientras Tía Ligia y las otras gallinas se carcajeaban. Mejor dicho, cacareaban.

—Perdona que te haga una pregunta tan grotesca, querido mío, pero es necesaria: ¿Tienes relaciones con tus gallinas?

—¡Juana! Mis gallinas son mis amigas, mis compañeras, hablo con ellas. En latín, como con nadie.

—¿Sigues sin amigos en el pueblo?

—Unos cuantos.

—¿Y amigas?

—Juana: las mujeres de por aquí son rústicas. Y yo soy poeta, soy pensador, mi mundo es otro. ¿Qué puedo compartir con ellas?

—Seré más clara e insistiré: ¿Has tenido sexo con gallinas?

—¡Claro que no, Juana!

—¿Quizá cuando eras niño o adolescente?

—¡¿Crees que soy tan degenerado?

—Yo no creo nada, solo pregunto. Y es que, ya te lo he dicho otras veces, y tú lo sabes bien: en tu época era muy común que los muchachos se iniciaran con burras o con gallinas.

—También con las primas, Juana.

—¿Lo hiciste con tus primas?

Pepe parece evocar situaciones agradables, pero pronto su semblante denota lo contrario.

—Fui descubierto por mi abuelo. Y castigado de la peor manera. Maldito.

—¿Maldito? ¿Qué te hizo?

—Me encerró en el gallinero, Juana. Desnudo. Muchísimas noches, incluso con lluvia. Y él ahí, todo el tiempo, obligándome.

—¿Obligándote a qué, querido mío?

—No más, Juana —solloza—. No me pidas que te cuente más.

El poeta cierra la comunicación mientras llora ya abiertamente. Patético. Casi enseguida, vuelve a marcar.

—Perdóname, Juana, perdóname. No debí contarte esto.

—Si no es a mí, a quién. Dale, querido mío. ¿Tienes algo más que decirme?

—Lo más terrible del sueño, lo que me inquieta sobremanera. Ayúdame tú, que eres medio quiromántica, a encontrar el significado.

—Dime.

—Lo que soñé con esa mujer no fue hermoso. En realidad, también se me apareció como gallina y la maté con mis propias manos. Yo que no mato ni una mosca, que soy un hombre bueno, pacífico, todo el pueblo lo sabe, ensucié mis manos con su sangre asquerosa.

—Significa que te saboteas a ti mismo. Que matas tus sueños —la mujer se arrellana en su asiento y lo observa con cierta repulsión mientras acaricia a una gata tan blanca y gorda como ella—. Creo, poeta querido, que creciste con una rara mezcla de amor y odio instintivo hacia esos animales. Yo sospecho por qué, pero solo tú podrías confirmarlo.

El rostro del poeta pasa de la ansiedad al sonrojamiento in extremis. El ambiente se llena de un silencio incómodo, obsceno.

—No eres el único —la gata se le escabulle—. El mundo está lleno de animalistas. Y también de hechos desagradables.

Entre la confusión y el bochorno, el Poeta baja la mirada y permanece así un instante largo, observado por Juana que, de pronto, se percata de que la gata está haciendo una meada sobre su escritorio.

—¡Sal de ahí, carajo! —grita mientras le lanza un jarro con flores.

Esto saca de su abstracción al poeta. Levanta el rostro, entre el asombro y el temor.

—No es contigo. Sor Matilde orinó mi escritorio.

—Ella me exige desaparecer mis gallinas, Juana. El cacaero la perturbaría y le impediría concentrarse en sus cosas.

—¿Y por qué no te las comes? —limpia con papel húmedo la meada.

—No seas infame, Juana.

—Las gallinas viejas dan muy buen caldo, como a ti te gusta.

—Sería un crimen de lesa humanidad.

—De lesa animalidad, sería mejor decir, poeta querido. ¿Por qué no las vendes?

—Cada una tiene un valor emocional incalculable. No puedo traicionarlas, Juana. Han estado tanto tiempo conmigo. No sería justo ponerles un precio.

—Regálalas entonces.

—Es lo que quisiera, Juana. ¿Pero dónde hallaré alguien que les dé el amor que yo les doy?

—Se las comerían a la primera oportunidad. Incluso, si hablas de sexo.

—Pobrecitas. La más vieja apenas tiene cinco años. Viven hasta once.

—¿Son ponedoras?

—Cada una, trescientos huevos por año, Juana. Ecológicos.

—Si viviese alejada del mundo, como tú, me las quedaría. Me gusta el huevo. Ecológico. Fresco.

—Lo sé, Juana. Lo sé.

—Bueno, querido mío. Tengo que hacer. Te llamaré luego. Y sácate ya de la cabeza a esa mujer. No te conviene. Acabarás muy mal.

Él asiente. Pero, de inmediato, su rostro denota desacuerdo.

Ni bien Juana desaparece de la pantalla, busca un puñado de maíz quebrado y lo lanza cerca de sus pies.

En cuanto las gallinas acuden al llamado, intenta atrapar a una de ellas. No a María Rosa. No a Gina María. Tampoco a Esther María, ni a María Paz. Si no a la otra, la más joven de todas.

Cuando lo logra, se la mete entre las piernas. Casi como la muchacha de la foto entre las flacas del vejete.

La acaricia.

Y empieza a sentir esa paz que no le dan los ansiolíticos.

NO TODO ES COLOR DE ROSA

El bartender marca en su celular:

—Ven pronto, tenemos un pato.

Ni bien cierra, el hombre sentado al otro lado de la barra le pide:

—Otro shot.

El bartender va y sirve un tequila. Luego sal y limón mientras el hombre hace un registro del sitio a través del gran espejo de la barra. El estilo es rudimentario, tanto que parece haber sido construido por personas que no sabían nada de carpintería. Apenas hay tres mesas muy toscas con dos o tres bancos igual de rudos. Nada más. En una de las mesas dos chicas ultra maquilladas beben sorbitos de algo que parece caipiriña mientras lo que toma la tercera es una selfie. En otra, tres chicos con traza de zombis del tercer milenio saborean cerveza de sorbo en sorbo mientras revisan sus celulares, sin cruzar palabra. Y en la tercera, una parejita no se besa pero se manosea las entrepiernas.

Ya con el tequila sobre la barra, el hombre coge uno de los cuartos del limón partido y lo aprieta con los labios. Luego agarra sal y se unta en el dorso de la mano, entre el índice y el pulgar, y lo lame. Finalmente, toma el shot de golpe.

Lo que pasa por su mente no quiere volver a pensarlo. Ya no es hora de darle vueltas sino de actuar. Sacude la cabeza y continúa mirando de vez en cuando hacia el pasillo por donde en algún momento ingresará ella.

No es sino después de otro shot que la mujer asoma. Excepto en las redes, él no la ha visto nunca, habituado a otro tipo de bares, con mayor estilo y glamour. De hecho, casi siempre ubicados en zonas de mayor plusvalía, elegantes y de moda. Nada que ver con este sitio, más bien de mala muerte. Pero esta noche le toca ejecutar una promesa.

Así que vuelve a mirarla a través del espejo: vista a diez o doce metros parece una mujer del montón. Conforme se acerca lo corrobora: es guapa pero un tanto vulgar.

Ella se sienta en una de las sillas altas de la barra, apenas un espacio más allá de donde él aguza el olfato, pero no logra identificar el perfume. Sin embargo, sí ve el leve movimiento de ojo que el bartender le hace a la mujer. Como es lógico, el hombre finge no darse cuenta.

—¿Me recomiendas algo de beber? —la voz de la mujer es calculadamente sensual.

—¿Cómo qué? —pregunta el bartender.

—Hoy quiero experimentar —mientras habla, mira al hombre—. Algo exótico, delicioso.

—Espera y te preparo algo.

El bartender se dedica a ello. La mujer examina al hombre.

—¿Eres nuevo por aquí?

—Primera vez. Pasaba y decidí entrar.

—¿Y qué te parece el local?

—Conque haya música y alcohol, lo demás no tiene ninguna importancia.

—¿Ni siquiera una buena compañía?

—Difícilmente se consigue eso.

—A veces esa compañía es alguien con quien normalmente jamás cruzarías palabra en otra parte pero que, de repente, por una noche, se puede convertir en tu mejor amigo. O amiga.

—O en tu peor enemigo. O enemiga.

—Cierto —acepta ella—. No todo es color de rosa.

—No todo es rosa —confirma él.

Y siguieron así un par de horas, tequilas y cócteles exóticos de por medio. De lo que dijeron, poco contribuye a la dramaturgia de esta historia, así que es mejor pasar directamente al desenlace, cuando ambos entran al departamento.

—¡Qué lindo!

—Me meo —revela él—. Mira lo que hay en el bar y prepara un trago para ti y un tequila para mí. En casa los tomo sin sal ni limón, que ambos me joden el hígado.

—Enseguida, mi amor.

Evidentemente hacer la elipsis nos ha privado de ciertos detalles que explicarían esa actitud tan melosa de ahora. Sea como fuere, mientras él protagonista de esta historia criminal entra al baño del dormitorio, ella se dirige al bar.

Sirve un Cuervo para él. No blanco sino oro, de modo que lo siguiente que coloca en el trago pase desapercibido. No una sino dos, tres, porciones de aquel polvito, como para que caiga ipso facto.

Luego de agitar el shot y dejarlo reposar, se sirve un vaso de coca cola. Sonríe.

La sonrisa de ella provoca que él también dibuje una mueca mientras la observa por la pantalla de su IPhone y termina de trasladar el líquido de un frasquito a una jeringuilla. Ella lo espera de pie, con el tequila en la mano. Mira con interés los cuadros que cuelgan de las paredes.

—¿Te gusta el arte?

—Me encanta —sonríe—. Pero nunca terminaré de entender que alguien pague tanto dinero por una pintura. Imagínate, el otro día leí en internet que alguien pagó doscientos millones por un cuadro.

—Un Van Gogh.

—Creo que sí. ¿Los tuyos son caros?

—Nada que ver. Entre todo lo que hay en mis muros no llego ni a cincuenta mil.

—¿Cincuenta mil? —suspira y le entrega el tequila—. Toma.

—¿Y tú solo tomarás coca cola? —dice él mientras recibe el shot con la izquierda.

—Quiero estar ciento por ciento para lo que viene— argumenta mientras le muerde suavemente una de las orejas y le acaricia el pene sobre el pantalón—. ¡Qué grande lo tienes!

Cuando se da cuenta de que él ha depositado el shot en un estante es demasiado tarde: una aguja está invadiendo su yugular.

Ella aún intenta impedir lo que sea que le esté pasando pero él no le permite movimiento.

Cuando despierta, la mujer está en cuatro patas, con la falda arremangada hasta la cintura, de tal forma que tanto el ano como la vagina brotan visiblemente para el hombre que la contempla desde el sofá.

En realidad, la mujer lo que forma es una escuadra bastante extraña: las piernas abiertas in extremis y esposadas a las dos patas anteriores de un escritorio sobre el cual descansa el resto del cuerpo. También sus manos están esposadas en uve a lo alto de las patas posteriores de dicho mueble.

El hombre se acerca y se coloca en medio de las piernas de la mujer, se inclina lentamente hasta que detiene su boca a un tris de su oreja izquierda. Los labios del hombre no la tocan pero ella experimenta algo así como un escalofrío al sentir el jadeo, el calor del aliento.

Ella abre la boca para protestar, pero aún no le salen las palabras.

Él le besa delicadamente el lóbulo de la oreja. Una, dos, tres veces. Luego alterna los besos con unas lamidas. Asciende y recorre lentamente el contorno de la oreja. La mujer pega un grito, aún inaudible, cuando él la mordisquea una y otra vez mientras los dedos juguetean con su pelo, nuca, cuello, tetas, abdomen, hasta instalarse en medio de las piernas. El hombre desliza su dedo medio por la apertura mientras masajea con el índice y el anular el borde de los labios. Luego mete una, dos, tres veces, suave pero profundo, el dedo medio dentro de la vagina que empieza a lubricarse.

Entonces él encaja otro dedo y ensambla el pulgar de tal forma que le cubre el ano. No lo penetra. Solo lo presiona ligeramente mientras dentro continúa el movimiento de los dedos. Esta vez el grito es audible.

—¡¿Por qué me haces esto?!

—Podría colgarte de una viga e ir desmembrándote hasta que confesaras, pero odio la violencia. Y, sobre todo, no soporto ver sangre.

—¿De qué hablas? ¿Confesar qué?

—Quiero saber quién, aparte de ti, participó en el crimen de Saturnino Flores.

—¿Saturnino Flores? No sé quién sea. Y no soy una criminal. Me confundes.

—Tengo cámaras en este departamento —sin dejar de trabajar la vagina, le muestra el shot de tequila—. Vi los polvos que le pusiste. Suficiente dosis para matarme en un santiamén.

—Estás equivocado. Yo no fui.

—Yo tampoco soy quien va a matarte —dice y vuelve a la oreja. La besa una y otra vez. La lame, recorre lentamente su contorno, y la mordisquea mientras los dedos retornan a juguetear con su pelo, nuca, tetas, abdomen, hasta instalarse en medio de las piernas. El dedo medio hace exactamente lo mismo que antes. Igual el índice y el anular. Pero esta vez también le acaricia el cérvix, al fondo de la vagina, y masajea sus alrededores mientras con la otra mano le presiona suavemente el abdomen. Pero solo cuando el hombre le mordisquea la nuca es que la mujer parece excitarse: no soporta las cosquillas. Las cosquillas parecen ser un asunto serio y ella empieza a reír sin control. Y cuando ya le es insoportable intenta patalear, al borde del llanto:

—¡Métemelo! ¡Métemelo, maldito!

—Dime primero lo que quiero saber. ¡Dímelo!

—¡Por favor, ya mételo!

—¿Murió por error de unas malditas ladronas —sin dejar la tortura— o fue una conspiración?

—Conspiración —grita, desesperada—. Conspiración.

—Nombres.

—Lara.

—¿Lara?

—¡Lara! —angustiada—.

—¡Más nombres!

—Es el único que sé. Ignoro los otros. ¿Qué me pusiste en esa puta inyección?

—Un excitante sexual muy poderoso: Yohimbina.

—Maldito, con razón estoy tan excitada. ¡Métemelo! ¡Métemelo, hijo de puta!

El hombre se retira y agarra el shot de tequila. Da la vuelta al escritorio y se coloca frente a ella.

—Lo único que te meteré es un poco de tu misma medicina.

Le abre la boca y le mete todo el tequila con escopolamina.

Hasta la última gota.

LA ANIMALISTA

Una mirada y ambos quedan conectados. Mejor aún: atrapados.

Apenas hay palabras de por medio. ¿Para qué, si todo fluye? Los nombres y unas cuantas señas particulares a veces estorban, impiden.

En la cama ya, el entronque es orgásmico una y otra vez y otra vez y va de nuevo una y otra vez. Y así hasta que amanece.

—Quisiera no tener que irme —confiesa la mujer—. ¡He tenido tantos orgasmos!

—Quédate —pide él—. Para siempre.

—Me esperan —argumenta ella—. Además, tengo hambre... Tanto ajetreo.

—También yo —apoya él mientras le mete mano—. Me comería hasta un pollo entero.

La última frase es como un martillazo en la cabeza de la mujer.

Ella se dispone a protestar, pero él ya está abriéndole las piernas y metiéndole lengua. El asunto se pone tan intenso que al culminar, la mujer queda dormida. Y luego él.

Cuando el hombre despierta, solicita servicio a la habitación del hotel, y luego entra al baño.

Cuando sale, ella duerme aún.

El hombre suspira. Por fin, luego de tanta búsqueda, ha encontrado a la mujer de su vida.

Se acerca y le da un beso. Suavísimo.

—Te amo —susurra—. Te amo.

Ella despierta. Se despereza, como si tratara de ubicarse.

—¿Qué pasa?

—Estoy hambrienta —responde, finalmente.

—También yo. Ya pedí que nos trajeran un banquete.

Ni bien termina de hablar, tocan la puerta.

El hombre va, recibe el carrito, cierra, y retorna hasta la cama, donde la mujer ya está sentada, en espera.

—Uno para cada uno —dice el hombre y levanta la tapa de la bandeja.

La mujer denota asombro y, acto seguido, se levanta y agarra uno de los pollos fritos y golpea con él la cara del hombre, una y otra vez y otra vez, y de nuevo una y otra vez hasta que la sangre fluye.

La mujer se viste mientras el hombre yace en el piso enrojecido por la pasión.

Ya vestida, toma el otro pollo y lo revienta una y otra vez contra la cabeza del hombre, inerte.

—A ver si te gusta, maldito animal.

YEZETA

Confieso que ya hacía bastante rato que me perseguía la idea, casi obsesiva, de alquilar una casa en Mocoli, esa isla donde viven solamente quienes se creen humanos cinco estrellas.

Razones para vivir una temporada allí me sobran. Tengo un Orsis T-5000 de altísima precisión y un objetivo al cual pegarle en mitad de la frente. Y tengo también suficiente dinero para... (bueno, ese no es asunto de ustedes, ya con la persecución del sistema de rentas e impuestos tengo bastante). Lo que interesa es que, buscando una casa que me quede bastante cerca de aquella donde vive mi objetivo, encuentro una que perteneció a un amigo mío.

Un amigo de esos que nacen en medio del campo con nada más que un racimo de plátano sobre el hombro, pero que pronto se convierten en tan ricos y tan urbanos como si hubiesen hecho un pacto con el diablo.

Pero no es del origen de su fortuna que quiero hablarles, sino de la casa en Mocoli que me viene perfecta pues está a casi un kilómetro (exactamente ochocientos sesenta y cuatro metros) de la de YeZeta, que así se llama mi objetivo. Una distancia manejable para el Orsis T-5000, de fabricación rusa, que tiene un alcance de hasta un kilómetro y medio.

Mi amigo quiso —como todo buen hijo que hace fortuna de la noche a la mañana— agradecer a su madrecita por haberlo parido (quizá quepa decir aquí que ella era precisamente partera, comadrona, ginecóloga sin título) y le compró la casa que ahora yo acabo de alquilar por 3.880 dólares al mes y con una garantía de casi cincuenta mil que debo depositar mañana mismo. Todo sea por el objetivo. Mejor dicho, por el honor. Pero basta de digresiones, que aquí el tema principal no es la misión que debo cumplir sino otro.

Y lo que sucedió es que mi amigo la compró, a través de una agencia de bienes raíces, en casi un millón de dólares, y se la regaló a su madre.

Ella, que había vivido en una mediagua, en la periferia, no tardó en llevar, aún en contra de las recomendaciones de mi amigo, un perro sin pedigrí, un par de gansos, y un par de gallos que vivían en continua bronca.

Si no llevó su puerquito -de nombre Rafael- en homenaje a un ex presidente, fue porque mi amigo le puso un ultimátum, y porque una noche antes del traslado ocurrió algo inesperado: Rafael fue robado. Y seguramente convertido en fritada y morcilla.

En fin, ya instalados en Mocoli, empezaron los problemas.

No habían pasado ni setenta y dos horas cuando un grupo de personas bien vestidas timbró el interfono y pidió hablar con algún ocupante de la casa.

La madre de mi amigo cruzó el jardín y les abrió con la misma alegría que invitaba a pasar a sus antiguas vecinas, allá en la periferia.

—Queremos hablar con tu patrón —dijo uno.

La anciana denotó no entender. Sonrió.

—Llama a tu patrón —ordenó otro—. ¿O eres retardada?

La pregunta fue un campanazo que activó el entendimiento de la mujer: esta no era una visita de cortesía.

Desde el interior de la casa, llegó una bullaranga de los mil diablos. Más preciso: de perro, gallos y patos gansos entrampados en una guerra sin cuartel.

—¿Ves, Yezeta, lo que te había contado? —dijo una mujer encopetada al que parecía ser el jefe de la visita.

—Ya oí —indicó, y volvió a dirigirse a la anciana—. ¿Qué haces ahí parada? Te ordené que buscaras a tu patrón.

Ella sacó su celular y marcó una videoconferencia.

—Hola, mamita, qué pasa —saludó un primerísimo primer plano de mi amigo.

—Hay unos señores que te buscan.

Ni bien terminó de decirlo, el que parecía la cabeza de los visitantes, gritó:

—¿Estás hablando con tu patrón? ¡Presta acá! —Y le arranchó el teléfono.

—Mami, qué pasa —gritó alarmado mi amigo.

—¡Pasa que has comprado una casa en el lugar equivocado! Y estamos aquí para exigirte —con la mayor decencia del mundo—, que agarres tus animales y te largues de vuelta al chiquero de dónde has venido.

—Por qué voy a irme, si yo compré esa casa. Al contado.

—Quien te la vendió cometió un maldito error. Pero yo voy a solucionar eso. ¿Cuánto pagaste?

—Un millón. ¿Qué te parece?

—¿Y de dónde sacaste tú tanta plata?

—¡¿Y a ti qué te importa?!

—Respétame. O qué mierda: ¿no sabes quién carajos soy? La gente que vive en mi isla es decente. Aquí no aceptamos corruptos ni delincuentes ni narcos que, seguramente, es lo que eres.

—¿Sabes que estoy grabando todo lo que me dices y puedo demandarte? Y que, además, sé quién eres.

—¡Y a mí qué me importa, pendejo de mierda! Yo me limpio el culo con los jueces de este país.

—Pues yo me lo limpio con tus palabras: si tocas a mi madre, te mato. No tienes n la más puta idea de quién soy.

El hombre llamado YeZeta respiró profundo, se acarició con violencia el bigote, miró a sus acompañantes, a la anciana madre de mi amigo, le dedicó un instante al interior de la casa, donde el ruido de los animales era cada vez mayor, y dijo al celular:

—Te doy millón doscientos por tu casa, pero me la desocupas inmediatamente.

—Esa casa no es mía, se la regalé a mi santísima madre.

—Me importan una mierda esos detalles sentimentaloides. No queremos aquí a tu madre y punto. O se van a las buenas. O...

—¿O qué?

—Lo mejor es que agarres ese billete que te doy. Mejor negocio es imposible.

—No tienes idea de mis negocios. Si a ti la política te hace ganar un millón por día, a mí, lo que hago, también.

El hombre llamado YeZeta no atinó qué decir y/o hacer, probablemente por primera vez en su vida.

—En honor a tus ideas de libre mercado te haré una contra propuesta.

—Dime.

—Te la vendo por el doble de lo que la compré.

—¡Estás loco!

Y el asunto continuó en dime que te diré durante un par de minutos hasta que -hombres de negocios, al fin y al cabo- se pusieron de acuerdo.

Y la madre de mi amigo se fue a vivir a una quinta entre el mar y la montaña.

Y aquí, donde debería terminar esta historia, es precisamente en donde recién va a empezar.

Ya dije que he alquilado la casa. Y he desenterrado mi Orsis T-5000 de altísima precisión.

El resto tendrá que suceder como todo aquello que ya está escrito.

Imbarajablemente.

LA SEÑORA TAL y TAL

En cuanto escucha el nombre, la mujer abandona el sitio donde ha compartido tantas horas el aire viciado e ingresa por una pequeña puerta, seguida por la mirada de otros familiares del centenar y más de masacrados en el último motín carcelario.

Adentro, el forense deja de hurgar en la herida de un cadáver y levanta la cabeza en cuanto percibe el perfume de la mujer que viene, a paso firme, a perturbar el inconfundible cóctel químico de la muerte.

—¿La señora Tal y Tal? —interroga una mujer con uniforme y el rostro y la actitud de un hombre vulgar.

La señora asiente, mientras da una ojeada al lugar, insalubre y sombrío, y muestra su pasaporte.

—Quítese las gafas.

No lo hace de inmediato la señora Tal y Tal. Sus ojos y párpados inflamados compiten con el color del vestido, y oprimen levemente el corazón del forense que suspira mientras piensa que quizá a ella le vendrían bien unas gotas del colirio de manzanilla que él usa contra la inflamación que le provoca el exceso de trabajo nocturno.

—Santo remedio —murmura. Nadie lo escucha.

La policía revisa el documento, escudriña el rostro que tiene enfrente, y lo compara con la foto.

No le queda duda de que es la misma, a pesar de que los estados de ánimo sean tan equidistantes.

Se lo devuelve.

La mujer esconde nuevamente su dolor detrás de las gafas y avanza hacia el forense que levanta la parte superior de una sábana, dejando al descubierto una cabeza decapitada con un rostro sin forma y unos cuantos hilos de plata desprendidos del cuero cabelludo.

Otros cubren lo que le han dejado de cara.

La mujer trastabilla sobre sus tacones y está a punto de lanzar un alarido, pero se contiene al escuchar la voz del forense.

—¡No se recueste ni toque nada!

La mujer logra equilibrarse a pocos centímetros de una pared, toda cuarteada y tan sucia como la de un matadero de reses cualquiera.

Hace un leve gesto de agradecimiento al forense mientras saca de su cartera un espray y se desinfecta las manos.

—Hemos intentado identificarlo mediante procedimientos técnicos biométricos, tanto del rostro como de las huellas dactilares, pero ha sido imposible —informa el forense—. Si él no es la persona que usted busca, le haremos estudios antropológicos y de ADN. ¿Es o no su papá?

Ella no responde. Trata de no pensar en los últimos instantes de su ex marido. ¿De qué fragmentos estaría compuesta la película que pasó por sus ojos mientras era apuñalado, descuartizado, cercenada su cabeza? ¿Habrá sido ella la última imagen que lo acompañó?

—¿Es o no su papá? —interroga, esta vez, la mujer polic.

—Nunca dije que fuera mi padre. Ábrale la boca.

El forense hace lo que la señora Tal y Tal solicita.

La mujer se acerca y observa la cavidad bucal. Una monstruosidad sanguinolenta, sin dientes superiores. Se inclina más y toca sus labios. Cuántos besos. Cuánta pasión, le dieron

El suspiro de la mujer evoca pérdida, tristeza, nostalgia.

—Es él: mi ex marido.

—¿Su ex? ¿Este anciano?

—Estoy segura —sostiene, altiva—. De todos modos, quisiera ver el resto del cuerpo. Tiene algunas señas muy particulares.

—Antes de eso, dígame algo: ¿Sabe usted —interviene la policía—, el delito por el que estaba preso?

A la mujer de rojo se le forma un nudo en la garganta.

—Se atrasó con las pensiones alimenticias. Mis hijos no tenían qué comer.

LA MUERTE DEL POETA

La batalla los deja tan agotados que ninguno se levanta al baño.

Ella refugia su cabeza en el pecho del hombre, pero después de un instante se separa y dice que no puede soportar el sonido de su corazón.

—Palpita demasiado.

—Cómo no, si estoy contigo— sostiene él.

La mujer lo besa, retorna a su refugio, y se queda dormida mientras habla.

Su última frase: "Acabé dos veces" el hombre la escucha con satisfacción, al mismo tiempo que inicia un vuelo de pájaro por su cuenta de Facebook antes de cerrarla y caer, de a poco, en un sopor que minutos más tarde se convierte en sueño profundo.

Lo despierta el timbre de un teléfono que reconoce como el de su casa materna. Sin embargo, la habitación le parece tan llena de elementos desconocidos. Del otro lado de la línea, una voz le cuenta algo que le parece peor que una descarga eléctrica en los testículos. Así que sale de inmediato, desnudo como está.

En el siguiente cuadro, camina por una carretera tan vieja que él ha transitado cientos de ocasiones, pero que ahora es apenas una calle con casas y fábricas a cada lado.

En un taller de reparación de vehículos, alcanza a ver a uno de sus mejores amigos.

—Jaime -susurra.

Y Jaime se vuelve como si le hubiese gritado. Su rostro es el de un anciano y lleva un overol sucio en vez de su mandil para cirugías.

Pero ni el hombre se extraña de eso ni Jaime de la desnudez del otro.

Lo único que parece importarle es la sangre que mancha las manos de su amigo, el cual abre la boca y dice algo.

Cualquier cosa que haya sido, el hombre no la escucha: está ya de regreso, aunque ahora la habitación es totalmente reconocible.

Mira el Facebook de su amada, y ata cabos cuando el grito de un bebé lo hace apartar suavemente el cuerpo de la mujer y levantarse a preparar un biberón.

Cuando regresa, ella ya está medio despierta.

—¿Volvió a dormirse?

El hombre apenas asiente mientras la mira con desprecio.

—¿Qué pasa, amor?

—¿Todavía te haces la loca? —responde el hombre, el rostro enrojecido—. ¿Sabes que te descubrí y te haces la loca?

—¿De qué hablas?

—Maté a ese pinche poeta que te anda enamorando.

—¿Qué poeta? —reacciona—. Ni siquiera me gustan los poetas. La mayoría son unos adefesiosos.

—No te hagas la pendeja. Acabo de revisar tu Facebook. Y ayer te envió un mensaje.

La mujer parece realmente desconcertada. Un instante después se levanta y toma del brazo al hombre.

—Mi amor, otra vez estás sonámbulo —expresa mientras ríe—. Ven, acuéstate.

El hombre obedece y se duerme en el regazo de su mujer.

Cuando despierta de nuevo, lo primero que hace es lo mismo de casi siempre: enciende su celular y entra directamente a su cuenta. Pero esta vez siente una viscosidad en las manos.

Las dos cosas siguientes ocurren al mismo tiempo: ve el muro de un periodista que reporta el extraño asesinato de un poeta, y descubre, con la luminosidad del celular, que sus manos están rojas de sangre.

FARÍAS

Estoy por entrar al consultorio del adivino y aparece un motociclista que invade la acera y casi me atropella. Reconozco en él a Farías, a quien no he visto en cuarenta y cinco años.

—Fíjate por donde caminas —grita, igual de agresivo que en la escuela.

Quisiera decirle que las aceras son para la gente, pero callo. Incluso espero antes de entrar por la misma puerta.

En la salita aguardan una mujer y Farías. Tenso. Gruñe.

—¡El siguiente! —Grita alguien, y la mujer hace ademán de entrar, pero es tan lenta que Farías le gana.

Ella se sienta y pregunta mi nombre.

—Quijije —miento.

—¿Es cliente?

—No —digo—. Pero me persigue la mala suerte. Quiebro en todos los negocios. Y, por último, mi mujer se fue con otro y me dejó en la calle.

—El maestro hará que vuelva de rodillas.

—No quiero verla nunca más. Y menos con las rodillas peladas —sostengo mientras descubro dos pequeñísimas cámaras, convenientemente disimuladas. Como para que el adivino no pierda detalle de lo que alguien diga en su antesala. Un rato después, Farías reaparece, repleto de menjurjes, pócimas, y una medalla milagrosa que besa una y otra vez.

—Después de siete años de serle fiel, mi partido me va a dar un cargo en el gobierno. Mírenme bien que pronto voy a estar no solo en el poder sino también en la prensa. Acaba de decírmelo el adivino.

—Si lo dijo el maestro, así será —dice ella mientras Farías sonríe, hecho el gallo.

Y, de pronto, grita mi sobrenombre de escuela, y se marcha, entre carcajadas.

Yo solo atino a maldecirlo entre dientes.

—Pase usted —me propone la mujer—. Mi asunto es personal.

Como si yo no supiera su rol en este negocio.

En la oficina privada está el maestro.

—Siéntese, señor Quijije.

No le aclaro que en realidad soy Briones, a fin de que él se concentre y adivine algo más que mi apellido.

—Usted tiene mal de amores, señor Quijije. Deme su mano.

Finjo recelo, pero termino dándosela. La examina y luego:

—Su mujer acaba de abandonarlo. Se ha ido con otro. Y no me diga que no, pues yo lo sé todo. Todo.

Pongo mi mejor cara de pendejo.

—A usted le han hecho un trabajito. Pero no se preocupe que yo soy experto en contrarrestar la magia negra. Pero ¡Un momento: veo en sus ojos que usted no quiere que ella vuelva! ¡Ni siquiera de rodillas! ¿Cierto?

Me canso del asunto, así que decido hablarle claro:

—Mejor vamos a lo que vine. Lo llamé hace una semana porque estoy escribiendo un guion para una película sobre adivinos y farsantes. Usted, que es un verdadero maestro, aceptó que lo entrevistara.

El adivino se levanta y no atina qué hacer.

—Me lo hubiera dicho antes.

—Pensé que lo adivinaría.

De pronto, un estruendo, gritos y ayes.

Nos asomamos.

Abajo, en mitad de la calle, Farías yace destrozado. Igual su motocicleta.

Definitivamente, el adivino no se equivocó:

Farías saldrá en la prensa.

Mañana mismo.

LAS CÁBALAS FUNCIONAN, ELOÍSA

Abelardo y Eloísa no se conocen en persona sino a través de las redes sociales. Durante meses, se han dado toques y likes, además de escribirse uno que otro comentario sobre sus selfies.

Es recién en el último día del año que Eloísa decide ir más allá.

—Quiero salir contigo esta noche —le escribe—. Invítame a bailar.

Abelardo no lo piensa dos veces y un instante después ya están finiquitando los detalles para el encuentro.

Armado el plan, Eloísa recorre algunos caramancheles hasta que consigue un preparado de siete hierbas para su baño de florecimiento.

También compra rosas rojas y un calzón amarillo.

Ya en casa, Eloísa vierte el líquido de las siete hierbas en un tanque plástico -el año próximo comprará una tina- con el agua a la mitad, y le agrega pétalos de rosas.

Mientras se baña, reza un padre nuestro y un ave María, con toda la fe de la que es capaz, y pide que el próximo sea el mejor año de su vida: viajes, dinero y amor.

Ya en la noche, Eloísa duda entre un vestido amarillo para la prosperidad, o uno rojo para la pasión.

Se pone y se quita una y otra vez hasta que finalmente elige el vestido rojo pasión y el calzón amarillo. Los zapatos con medias, y dentro de ellas todo el dinero que encontró.

Mira el reloj, suspira y escribe en el chat:

—En cuanto llegues, quiero que me des un beso. Quiero empezar el año con un beso apasionado. De esos que matan.

—¡Wow! —se entusiasma Abelardo—. Estaré allí a las doce en punto.

Eloísa vuelve a mirar el reloj, toma una maleta y sale.

La calle es una fiesta. Por doquier una mescolanza de ritmos. En el cielo, pirotecnia. Y Eloísa empieza a correr, maleta en mano. Un ejercicio nada fácil, con los zapatos que lleva.

Corre, Eloísa, corre.

Una vuelta a la manzana será suficiente para asegurar ese largo viaje con el que sueña.

Eloísa no cuenta con ese par de motociclistas que la observan.

Son las doce en punto y suena su celular. Es Abelardo.

—El tráfico está fatal, Eloísa. Tardaré cinco minutos.

Eloísa no alcanza a decir pío. Le han arrebatado el celular mientras la tiran al suelo y la arrastran. Y en un santiamén la maleta, los zapatos, el dinero dentro de ellos, y hasta el vestido, cambian de manos.

Y aún hay más: antes de fugar, el motociclista que la tiró al suelo le agarra el rostro y le da un beso muy apasionado.

—Feliz año —le dice.

Ella lo cachetea.

Y él le descarga un par de tiros.

Que nadie diga, Eloísa, que las cábalas no funcionan.

NO LE PONGAS MI NOMBRE

La chica de esta historia está que mueve las piernas bajo la mesa del bar más rápidamente. También sus manos van de una acción a otra cualquiera mientras no le quita la mirada al hombre que tiene enfrente.

—Para ya la pendejada —la increpa él—. O me largo y te dejo con tu problema.

—¿Mi problema? —detiene los movimientos e intensifica aún más la mirada—. ¡¿Así que Romeito es mi problema?!

—¡No le pongas mi nombre a ese feto!

—¡¿Feto?! —Se levanta la chica, lo cachetea con su cartera, y lo lanza al piso, con cerveza y silla incluidas—. ¡Maldito hijo de puta!

El hombre intenta incorporarse, pero la cerveza regada lo hace trastabillar de modo que no puede impedir que la muchacha agarre la silla y le dé una, dos, tres veces, por donde le caiga.

—¡Lo voy a parir, aunque tenga que criarlo sola!

—Si lo pares, arruinarás tu futuro.

—El único futuro que se arruinará será el tuyo —hay una sonrisa nueva en su rostro— porque voy a demandarte y cuando no me pagues la pensión haré que te pudras en la cárcel.

Empieza a irse, pero al tercero, cuarto, quinto paso, retorna, agarra mi shot y lanza el tequila reposado a la cara de su amado.

—Y cuando estés adentro —lo sentencia—, ¡haré que te rompan el culo!

Se va. Ahora sí el paso firme.

En cuanto la muchacha ha salido del bar, el hombre se levanta, echa una mirada a quienes hemos asistido desde otras mesas a la función y nos ofrece disculpas con un tono raro, como cuando se habla con la boca rota por algún silletazo.

Ni bien le hacemos un gesto de comprensión todo empieza a ir de un lado a otro.

Algunos se levantan, se santiguan, no atinan qué hacer.

Yo permanezco sentado, observándolo todo.

—No seas pendejo —le digo mientras lo veo pagar la cuenta—. Alcánzala y arregla la situación o te va a doler.

El hombre —llamado probablemente Romeo— mira un instante largo por donde se fue la muchacha y luego sale a la carrera.

La curiosidad me mata, así que pago mis tequilas en un santiamén y salgo.

En la acera de enfrente, al pie de un edificio, Romeo alcanza a la muchacha y la envuelve en un abrazo del cual ella intenta huir.

La oscilación telúrica empieza de nuevo. Yo hago mis cálculos, me muevo un poco, pues esta vez es más fuerte.

Demasiado.

Al otro lado de la calle, Romeo continúa cercándola con sus brazos y ella forcejeando. Y es justo en el instante en que ella le regala un rodillazo en los testículos que la tierra se mueve como nunca y lo último que alcanzo a ver antes de que se vaya la luz es un poste que cae.

Justamente sobre Romeo y su Julieta.

Igual que el edificio, un instante después.

Es probable que mañana, o cualquier día del futuro, la prensa, o algún escritorcillo trasnochado, hable de este acontecimiento como una gran historia de amor y no como una solución de la madre naturaleza a ciertos problemas.

¿DE VERDAD NO SE ACUERDA?

Cuando el hombre sale del edificio un taxi está detenido en la bocacalle a causa del semáforo en rojo. Así que apresura el paso y logra subir justo en el cambio a verde.

—Buenas noches —saluda mientras se acomoda en el asiento del copiloto, aún sin mirar al chofer—. Avenida veintiuna y calle 9. Por favor.

El taxista arranca, mirándolo apenas, sin devolver el saludo.

El hombre, girándose hacia el chofer, repite el destino. Y ni bien termina, se queda turulato, con la memoria desplazándose hacia un pasado remoto.

—No soy sordo —protesta el taxista mientras ve que el hombre lo mira atento—. ¿Por qué me mira así?

El hombre vuelve la cara y dedica el siguiente minuto a observar la ruta por donde se dirige el auto. Es obvio que su mente es un hervidero, atacada por los recuerdos. Pero de eso no puedo contarles nada debido a que en esta historia no soy un narrador omnisciente. Apenas sé lo que veo y oigo.

—¿Usted es Vinces? —pregunta el hombre.

El taxista se vuelve y le clava su par de ojos. Parece obvio que intenta desentrañarlo.

—Usted es Vinces —ratifica el hombre.

—¿De dónde me conoce? —los ojos descuidan el frente de la calle y se oye el derrape que evita la colisión.

—Hace cuarenta años —explica el hombre—. Exactamente cuarenta. Yo tenía diecisiete. Usted unos treinta y era policía.

—¿Quién es usted?

—¿De verdad no se acuerda?

—¿Por qué habría de acordarme?

—Mi viejo tenía razón: el que la hace, olvida —sostiene el hombre—. Pero la víctima, nunca.

—¿De qué habla?

—Recordaba las palabras de mi padre. Un hombre que jamás perdonó una ofensa. Asegura mi familia que yo salí tan vengativo como él.

El taxista denota cierta inquietud, nerviosismo aún no.

—Le repito mi pregunta: ¿De dónde me conoce?

—Sucedió hace cuarenta años, ya le dije. Yo era un chico. Inadaptado. Contestatario. Y usted, ya se lo dije, era policía. Uno de esos malditos.

—Cualquier cosa que haya pasado hace tanto tiempo ya no tiene importancia.

—Yo venía del colegio y me detuve a conversar con unos amigos en una esquina —continúa el hombre, sin dejar de mirarlo—. De pronto apareció una camioneta vieja, sin placas. Alguien dijo: "¡La ley!" Pero ya era demasiado tarde. Ustedes odiaban a los estudiantes, así que de un brinco ya estaban sobre nosotros. Yo, que era irreverente con todo, exageré la protesta. Y, aunque otros sí estaban fumando, solo a mí me llevaron porque encontraron un poco de mariguana en mis bolsillos. Una mariguana que ustedes mismos pusieron allí. ¿Se acuerda?

El taxista lo mira de soslayo. Toma su celular, marca, pero se le cae mientras intenta ponerlo a la oreja.

—¿Se acuerda cómo torturaban a los que llevaban presos? Nos colgaban y nos metían de cabeza en un tanque de agua helada una y otra vez Y nos ponían electricidad en los testículos. Muchos, repito, ni siquiera fumábamos. Pero, por arte de magia, aparecíamos con tamugas en los bolsillos y terminábamos en las cárceles, meses o años. Cuando uno salía de ahí ya se había especializado: o era ladrón, o era sicario. Sicario, ¿se da cuenta?

—Tengo un hijo que es coronel —informa, la voz entre amenazante y temerosa—. Coronel. Y está por ser general.

Ahora es el hombre quien permanece callado, observando al taxista en detalle mientras este intenta recoger el celular. Cuando lo logra, marca, y espera. No le contestan, así que deja un mensaje:

—Mi coronel, soy yo: papá —evidentemente desesperado-. Llámame urgente. ¡Van a matarme!

El hombre mira hacia un costado, hacia el otro, incluso atrás y adelante. No ve a nadie, a pie o en vehículo, que esté en una jugada de sicariato.

Entonces pregunta:

—¿Lo quieren matar? ¿Igual que lo han ido haciendo con todos sus compañeros de aquella época? Usted es el único que aún vive.

—Ya estoy viejo —solloza el taxista.

—¿Y usted cree que solo por eso las deudas no deben pagarse?

—Ya mi Dios me ha castigado mandándome tantas enfermedades —se queja—. Estoy muy enfermito, señor. No he de durar mucho.

—Hay gente, como yo, que solo cree en el ojo por ojo. La ley del talión.

—Señor, le repito, ya estoy muy viejo.

—También yo —reflexiona el hombre—. Déjeme en la esquina.

—¡Señor... señor! —suplica el taxista mientras algo suena bajo su asiento.

—Deténgase en el semáforo —ordena el hombre— ahora que está en rojo.

El taxi se detiene.

El hombre le entrega un par de billetes y baja, tan rápido como había subido, camina en sentido contrario, y se mezcla pronto con otros individuos que van a lo largo de la calle.

Cuando el taxista se recupera un poco y empieza a buscarlo ya no lo ve por ningún lado.

Y entonces lleva la mano bajo sus nalgas, la sube, huele, y hace una mueca de asco mientras atiende el celular que suena con insistencia.

—¿Qué pasa, papá?

—No sé, hijo —empieza a sollozar el taxista—. No sé.

Mientras él se descalabra por el llanto, quien fue su pasajero muestra una cara repleta de felicidad y antes de hacer escuadra en la próxima esquina suelta una carcajada estruendosa.

Pero nadie se sorprende, acostumbrados en esta era de celulares con audífonos a sujetos así, que hablan o ríen o lloran a solas mientras van por la calle.

MADAME SISI

Después de que he puesto en mis redes que necesito información para realizar un artículo, una mujer me escribe por interno y me invita a sumergirme en el mundo no solo de las grillas, sino de las prepagos, las arrieras y las pendejas.

Esa misma noche acudo a un restaurante situado en la vía a Barbasquillo.

Allí me espera Sisi, a quien reconozco enseguida pues luego de su mensaje revisé su perfil en las redes. Y supongo que ella, antes o después, habrá hecho lo mismo conmigo. En todo caso, en cuanto me ve, sonríe y me estampa un beso en la mejilla izquierda y otro en la derecha.

—Bienvenido —me dice mientras señala una mesa, al fondo —. Ven, vamos a lo que vienes.

Mientras nos sentamos, ordena:

—Un tequila para mi amigo. Y para mí lo de siempre.

—Sí, madame —le responde una chica de ojos vivaces y trasero perfecto, nada mal para un rato de placer.

—¿No vas a preguntar cómo sé cuál es tu trago favorito?

—Desde que existen las redes hay muy pocas cosas que preguntarle a alguien.

—Cierto —acepta y señala—: Mira eso.

Tres chicas en cháchara, al mismo tiempo concentradas en sus celulares de última generación.

—De las tres, una es grilla. ¿Cuál?

Las escruto. De las tres, al menos una tiene operaciones en el rostro. Probablemente quiso parecerse a Angeline Jolie, pero terminó más cercana a una chimpancé.
De las tres, también, es la que más intenta llamar la atención de unos cincuentones en la mesa vecina.

—La grilla es la de labios hinchados.

—Una de las más peligrosas grillas que he conocido. Hace un par de años era una muerta de hambre, con una nariz más larga que su lengua. Ahora no solo la nariz es nueva sino casi todo el cuerpo, y tiene más plata que tú y yo juntos.

—¿Grilla y millonaria? —Juego al inocente.

—Engatusó a un ingenuo al que dejó en la calle.

Mientras tomo mi tequila, la grilla se levanta y se dirige a la mesa de los empresarios, con los que ha estado coqueteando.

—Intenta cazar su próxima víctima —sostiene Sisi—. Al padre de su segundo changuito.

—¿Tiene un hijo?

—Las grillas tienen uno de cada una de sus víctimas —afirma—. Viven de las pensiones alimenticias. Ahora te quitan el treinta y cinco por ciento de tus ingresos. Y si no pagas, vas preso.

—Un gran negocio.

—Las grillas son emprendedoras. Hacen circular mucho dinero.

La chica de ojos vivaces me trae mi segundo tequila. Limones y sal me ha traído cuando me puso el primero. Así que cumplo la parafernalia tequilera y el placer se desliza como un torrente a través de mi garganta y cuando llega a mi cerebro cierro los ojos y soy un hombre inmensamente feliz.

Cuando los abro, Sisi está contemplándome, no sé si con admiración o con lástima.

Sin dejar de mirar, en el extremo del local, a la grilla que se operó para parecerse a la Jolie, dice:

—No me parece justo que la mitad de todo tu trabajo tengas que dárselo a una grilla infeliz, solo porque la has embarazado. Y lo peor de todo es que ni siquiera se preocupan de criar a los hijos.

—¿No?

—Quienes criamos a los hijos somos las abuelas. En mi caso, paterna. Una grilla necesita todo su tiempo para seguir grilleando. Buscando, como ésta, una nueva víctima, porque una grilla que se respete tiene hasta tres hijos.

—Uno de cada padre, supongo.

—Supones bien —asiente Sisi mientras enciende una laptop, busca algo en ella, y luego la gira para que yo observe.

En la pantalla aparece la grilla en un primer plano. La veo coquetear con los hombres con los cuales está y luego miro con atención las paredes y el techo del restaurante. Sisi sonríe.

—No vas a encontrarlas. Son minúsculas y están muy bien ocultas. Primero puse un par por seguridad. Pero cuando vi todo lo que pasaba puse algunas más. No tienes idea del material que tengo.

—¿O sea que yo también estoy siendo grabado?

—Cada mesa tiene una cámara propia —confirma.

Me quedo pensando. Llamo a la chica del trasero bonito.

—La cuenta, por favor —le sonrío.

—No traigas nada. El señor Briones es mi invitado.

La chica le hace una venia.

Yo le hago un guiño.

Ella se retira, sin siquiera mirarme.

—¿Por qué te vas? —me dice Sisi.

—Sufro de pánico escénico, Sisi. Tengo terror a las cámaras.

Le doy un beso en una de sus mejillas, pero ella me muestra la otra, se la beso, y camino hacia la salida. En cuanto lo hago, una de las chicas se levanta y coincidimos en el camino hacia la puerta.

—¡Holaaaa! —Me da un beso en cada cachete, tan europeizada como la misma Sisi—. No sé de dónde, pero yo a usted lo conozco.

—Lo dudo —le digo—. Soy un hombre anónimo.

—¿Anónimo? —se corta un instante, pero apenas para tomar vuelo—. Mentira: usted es empresario.

—Nada que ver —sostengo.

—Ya me acuerdo: Yo lo he visto en la televisión.

—Estás más perdida que un burro ecuatoriano en un garaje de Nueva York, niña —le informo.

—Entonces dígame dónde lo he visto.

—En el bajo mundo. Soy sicario.

Ella se detiene ipso facto. No atina qué hacer mientras yo continúo hacia la salida. Me alcanza.

—No me mienta, señor, que yo lo vi con Madame Sisi. Y esa grilla no se sienta ni se acuesta con cualquiera.

—¿Sisi es una grilla?

—Solo con empresarios exitosos. Como usted, supongo.

Se aferra a mi brazo y salimos juntos mientras me asalta la certeza de que el estrellamiento que hoy tendrá conmigo no querrá contarlo nunca.

LA MUJER QUE LEÍA A FONSECA

Ni bien despierta, el hombre toma sus binoculares, sube a la terraza y se dedica a observar una de las casas vecinas, ciento cincuenta metros más allá. No hay movimiento alguno. Ni entonces ni después de un periodo de descanso. Toma su celular y mira la hora. Espera unos minutos y entonces llama.

—Buen día —responde una voz de mujer.

El hombre cree percibir la tristeza, el casi sollozo. Tarda en responder.

—Buen día —repite la mujer—. ¿Quién es? Si no habla, cierro.

El hombre carraspea.

—Buen día, señora —la voz modulada—. Sé de alguien que sabe quién mató a su marido.

—¿Qué? ¿Quién? —la voz ya no es triste—. ¿Quién es usted?

—Yo no importo, señora, sino lo que voy a decirle: salga de su casa y camine por el malecón, a la izquierda. Encontrará a un hombre leyendo un libro. Él sabe quién y por qué.

Cierra y deja a la mujer con la palabra en la boca. Toma los binoculares y vuelve a mirar hacia el mismo lugar. Sonríe al verla cruzar frente a una ventana. Baja de la terraza rápidamente y en el trayecto agarra una silla y la lleva al jardín frontal, casi al borde de la vía. Se sienta mientras mira a lo largo del malecón. La mujer aún no aparece. Denota cierta intranquilidad.

Se levanta e ingresa a la casa. Reaparece un instante después, con un libro en la mano. Se sienta mientras mira de nuevo a lo largo de la calle.

El corazón del hombre late arrítmicamente en cuanto la mujer aparece al doblar una esquina.

Son casi cien metros entre ella y él, de manera que tiene tiempo para colocarse los lentes, abrir el libro en una página cualquiera y fingir que lee, denotando más concentración conforme intuye que se acerca.

—Buen día, vecino —saluda la mujer, ya frente a él.

Tomado por sorpresa el hombre, el libro termina en el suelo.

—Disculpe, no quise asustarlo.

—Perdóneme usted. Estaba tan concentrado que no la vi venir —explica el hombre mientras recoge el libro y se pone de pie—. Pero aprovecho la oportunidad para expresarle mi más sentido pésame. Siento mucho lo que le pasó a su esposo.

—Estoy aquí, precisamente, por eso.

—Dígame en qué puedo ayudarla y lo haré encantadísimo.

—Alguien me dijo que usted sabe quién lo mató.

—¡¿Qué yo sé qué?!

—Que usted sabe quién mató a mi marido.

—¡¿Quién le dijo esa barbaridad?!

—Alguien que me llamó hace unos minutos.

—¡Qué locura!

—Si es verdad, me gustaría que me lo dijera. Se lo agradecería infinitamente.

—¿Y qué haría con el asesino?

—Lo mataría con mis propias manos.

El hombre denota asombro y luego complacencia frente a la firmeza de sus palabras mientras la mujer observa la portada del libro. El hombre se da cuenta.

—¿Ha leído a Fonseca?

—Es uno de mis escritores preferidos.

—Vaya, qué coincidencia. Aunque lo cierto es que yo empecé a leerlo hace poco. Pero sus textos me atrapan desde la primera línea.

—Yo tengo todos sus libros. Incluso títulos que no se consiguen en este país.

—¿En serio?

—Veintisiete libros de Fonseca —afirma la mujer—. Es uno de mis mayores tesoros. Y se los obsequiaré si usted me dice el nombre del asesino.

El hombre denota pensar mientras la mujer lo observa y espera.

—No tiene idea del peligro que yo correría si se lo dijera.

—Al menos, deme una pista.

—Sé lo diré si me corta el cabello.

—¿Qué? —la mujer denota asombro extremo.

—Córteme el cabello —dice el hombre.

—Usted me confunde. ¿Cree que soy peluquera?

—Sé que no lo es. Pero también sé que se lo cortaba a su esposo.

—¿Cómo sabe eso? —casi grita la mujer.

—Quizá de la misma manera que sé tantas cosas.

La mujer denota nostalgia.

—Cortarle el cabello a mi esposo era un acto de amor. Sobre todo, de él, pues me permitía hacerlo a pesar de que yo no fuese una profesional y, a veces, se lo dejara horrible.

—Mientras me corta, la enteraré de todo.

—Cortarle el cabello a otro hombre será insultar su memoria.

—Peor sería despreciar la oportunidad de saber quién lo asesinó.

La mujer asiente.

—Voy por mis herramientas y vuelvo.

—No se moleste —objeta el hombre—. Yo tengo todo lo que necesita. Venga, vamos adentro.

El hombre camina hacia el interior, pero la mujer no se mueve ni un centímetro. Él se vuelve.

—Solo se lo diré si me lo corta.

—¿No prefiere mi colección de Fonseca?

—He sido claro, señorita.

—Señora.

—Perdón, pero usted es tan joven que al principio creí que él era su padre. O su abuelo. Solo después supe la verdad.

La mujer observa a lo largo del malecón. Vacío, como casi siempre en fuera de temporada. Igual las casas aledañas. Escruta al sujeto, casi tan mayor como su esposo, pero narizón y con lentes, y apenas un copete de cuatro pelos sobre el cráneo. Casi una caricatura.

—Si siente que va a entrar a la cueva del lobo, no la culpo.

—No suelo ser cobarde —sostiene. Entra, el paso firme.

El hombre ojea la calle. Cierra la puerta.

Ya dentro, ella echa un vistazo mientras él la observa. Suspira.

—El negro es un color que le asienta. La hace ver tan linda que...

—Por favor —su voz es firme, su actitud desafiante.

—Disculpe... Vamos por aquí.

El hombre se adelanta, cruza la sala.

Ella duda un instante.

Suben las escaleras y llegan a la terraza.

—¿Qué es esto? —exclama, asombrada.

—El lugar donde me va a cortar el cabello.

—Pero es exactamente igual a...

—¿A qué?

La mujer no responde, continúa echando un vistazo sin moverse de donde está: una mesa con libros tan nuevos que parecen no haber sido leídos nunca. Da unos cuantos pasos y los mira como quien no quiere: El grito de la lechuza, El talento de Míster Ripley, Pequeños cuentos misóginos, de Patricia Highsmith. Y El cobrador, Los prisioneros y Carne cruda, de Rubem Fonseca.

Entiende de pronto, sin necesidad de leer los otros títulos, que son iguales a los que ella ha leído en el tiempo que lleva en este pueblo.

—Lo mejor de la obra de Fonseca es no saber adónde nos va a llevar —dice él, con afectación—. Siempre que comienzo un libro suyo es como si sonara el teléfono a medianoche.

—"Hola, soy yo. No vas a creer lo que está sucediendo" —la mujer lo dice con voz impostada. Y luego, con su propia voz—: Lo escribe Tomas Pynchon, en la contratapa de sus cuentos completos. Usted no es nada original.

—Yo no dije que fueran mis palabras —se justifica el hombre, con cierta vergüenza—, pero es lo que siento cuando lo leo.

La mujer no contesta. Tiene la vista fija en los binoculares que descansan entre los libros.

Gira la cabeza y ve la playa rocosa a la izquierda, el islote cuyo nombre no recuerda, la isla de La plata, la playa frente al malecón, y más allá, a la derecha, la caleta de pescadores, y el resto del centenar de casas vacacionales, ocupadas unas cuantas semanas al año. Y no precisamente ahora.

—Tiene usted una vista espectacular. Y con estos binoculares seguro que no pierde detalle —comenta la mujer mientras toma el artilugio y enfoca hacia su casa—. Es como estar allí mismo viendo todo lo que hacíamos mi esposo y yo.

El hombre va y se sienta en la silla.

—Dele. Córteme el cabello.

—No sé qué quiere que le corte si apenas tiene cuatro pelos. Un copete más ralo que...

—Deje la burla y hágalo —el hombre resiente el golpe.

—Su silla es igual a la que yo usaba para cortárselo a mi marido. Y sus libros son los mismos que yo he leído en los últimos tiempos.

La mujer deja los binoculares y va hacia el individuo. Este ha empezado a quitarse la camisa y los pantalones y los zapatos hasta quedar completamente desnudo.

—Supongo que ahora querrá que yo también me desnude.

—Desnuda era como le cortaba a él, ¿no?

—Un juego entre él y yo. Era mi esposo. Lo amaba.

—¿Por amor le hizo ... lo que le hizo?

—¿Qué tanto sabe usted?

—Se lo diré si me corta el cabello.

—El copete, dirá.

La cabeza de la mujer es un hervidero.

Se quita el vestido de playa y queda en bikini. Negro.

—Su cuerpo es infinitamente más hermoso que visto a través de los binoculares. ¡Qué suerte más inmerecida la de su esposo!

Ella toma las tijeras y una peinilla y se mete entre las piernas del hombre.

—¿No va a quitarse el resto?

Lo mira a los ojos y blande las tijeras.

—Voy a cortarle sus cuatro pelos para que me diga todo lo que sabe. Todo. Y si me toca, aunque sea levemente, lo mato. Si tanto me ha vigilado, ya sabrá de lo que soy capaz.

—Lo sé —confirma el sujeto.

La mujer lo mira a través del espejo, igual que él a ella. Su mano derecha abre y cierra, una y otra vez, las tijeras. Luego hace un movimiento rápido y estas adquieren forma de puñal.

Él ve cómo sostiene con firmeza el arma demasiado cerca de su garganta, pero permanece impasible, como si fuese algo esperado. Deseado.

—¿Cuántas veces estuvo a punto de clavarlas en la garganta de su esposo? ¿O aquí atrás —se toca el centro de la nuca—, en el árbol de la vida? Si cree que debe hacerlo, adelante: elija dónde.

—¿No teme que lo mate?

—Lo único que temo ahora que te he visto tan de cerca y que sé que eres real, es perderte.

—¿Perderme? ¿Usted está loco?

—Tengo mucho tiempo observándote, siguiéndote, en la vida real y por las redes, y sé de ti más de lo que puedes imaginar.

—¿Ah sí?

—Nunca he conocido a alguien tan intensa como tú. Eres extrema para lo bueno y para lo malo.

—Vamos al grano. ¿Quién mató a mi marido, según usted?

—Tu marido no fue un hombre bueno. Nunca fuiste feliz con él. Una y otra vez te prometía cambiar, pero nunca lo hacía. Habría tenido que volver a nacer para ser diferente. Él no era tierno, no era amoroso, no era dulce. No era espiritual.

—¿De dónde mierda saca todo eso?

—Necesitas junto a ti a alguien que te abrace y te ame y te demuestre su amor en cada detalle. Alguien que te haga vibrar sexualmente las veinticuatro horas del día. Yo soy ese hombre. Yo me sé dar de esa manera. Es mi naturaleza.

—Está loco. Lo único que quiero de usted es que me diga quién mató a mi marido.

—Quiero ser tu pareja, amada mía, aunque seas extraordinariamente compleja y conflictiva.

—¿Quién mató a mi marido?

—Tu marido era un ególatra a quien nunca le importaste. Merecía morir.

—¿Quién mierda eres tú para decidir quién muere y quién no?

—Yo soy el hombre de tu vida, amada mía. Y tú eres la mujer de mi vida. Lo sé, profundamente, lo sé.

—¿Mataste a mi marido?

—Lo mataste tú.

La mujer aferra aún más la tijera

—Pero no se lo voy a decir a nadie nunca, amada mía. Tenme fe. Lo nuestro superará toda la experiencia humana. Será tan excepcional. Te amaré hasta los huesos, hasta el fuego, hasta las cenizas.

El hombre inclina la cabeza y besa el ombligo de la mujer.

Ella levanta la tijera y asesta la puñalada, justo en el árbol de la vida.

Más preciso, imposible.

Y entonces se quita la parte baja del bikini y lo cabalga.

Intensamente.

Apenas le queda un minuto.

Se lo dice la experiencia.

DIPTONGO

Despierto y los ojos me pesan una tonelada. Probablemente más cuando me paro frente a un espejo y me doy cuenta de que los ojos no me miran. Mi rostro es sólo una masa, sin nitidez alguna.

Me visto de inmediato y antes de salir despierto a mi mujer.

—Voy al hospital. Tengo problemas en los ojos.

Ella se levanta ipso facto. Los examina.

—¡Están llenos de sangre! —se alarma—. Te acompañaré.

Yo le recuerdo que debe cuidar a nuestros niños, le doy un beso, y me marcho.

Mientras espero a la oftalmóloga recibo de otros pacientes al menos tres diagnósticos, de esos que te dan sin que los pidas:

—Es la presión ocular.

—Es una conjuntivitis.

—Es la niña de sus ojos.

Pero la oftalmóloga, mi pareja de baile en una noche desterrada de su memoria, es enfática en su diagnóstico:

—Lo que usted tiene es uveítis.

—Y eso, aparte de diptongo, ¿qué es?

—Es una inflamación de la úvea, la membrana que envuelve el interior del globo ocular y que provoca grandes pérdidas de visión.

—¿Es de operación?

—Tratamiento: Inicialmente gotas. Luego pastillas. Y si no funciona, inyecciones.

No me gusta ser pinchado. Así que pregunto:

—¿Intramuscular o intravenosa?

—En los ojos —. Yo podría jurar que la veo sonreír. Luego me doy cuenta que es imposible: ni siquiera puedo definir su rostro. Tanto que el que veo es el que tengo en la memoria, de cuarenta años antes.

—¿Es hipertenso?

—No que yo sepa.

—¿Es diabético?

—No que yo sepa.

—¿Es alérgico a algún medicamento?

—No que yo sepa.

La doctora deja de escribir y me mira fijo. Quizá me ha reconocido y está recordando aquella noche en que bailamos Saturday Night Fever en la discoteca de moda y luego nos perdimos en la oscuridad.

Ella deja de mirarme y termina de escribir. Me entrega la receta.

—Son tres tipos de gotas. Úselas según mi prescripción y regrese en tres días, cinco de la tarde. Venga acompañado.

—¿Cómo así, doctora?

—Porque, aunque suene paradójico, las gotas le harán ver más borroso.

—¿Cuánto durará el tratamiento?

—Algunas semanas. O algunos meses. De usted depende. Tendrá que seguir al pie de la letra mis instrucciones.
Para regresar a casa tomo un taxi que resulta estar conducido por alguien que me pregunta qué enfermedad tengo.

—Uveítis —le digo.

—¿Uveítis? ¿Y eso qué es?

—Un diptongo —concluyo—. Un diptongo.

EL RETINÓLOGO

—¿Me ve?

Como no digo ni que sí ni que no, el hombre da un par de pasos y se inclina.

—¿Us-ted me conoce?

A tan poca distancia solo alguien completamente ciego no lo vería.

—No —digo mientras lo escruto con lo que me queda del ojo derecho—. Me parece que no.

—¿Y entonces por qué me mira?

—¿Yo?

—Sí. Usted me mi-ra-ba. Y pensé: este señor me conoce. Y entonces hice memoria.

—Yo ni lo miraba ni lo conozco.

El hombre se yergue. Balbucea:

—Me mi-ra y lo nie-ga. Me co-no-ce y lo ni-e-ga.

Se retira un par de pasos, a su posición de antes.

—No se mue-va de ahí. La doctora va a e-xami-nar-lo en-se-gui-da.

Al instante aparece una mujer

—Buen día, señor —lee una nota— Briones.

—Buen día, doctora —la saludo mientras pienso en su acento.

—Coloque su barbilla en la base, acerque más la frente, péguela al aparato, y abra bien los ojos.

Siento el impulso de aclararle que ya sé el procedimiento, que ya es la séptima ocasión que me siento frente a un aparato como el que ella utiliza.

—Ojo por ojo —me indica—. Primero el izquierdo. Y no parpadee.

No parpadeo. Y luego hago todo lo que me indica esta venezolana hasta concluir el examen.

—Listo, señor Briones. Levántese con cuidado y retorne a la recepción. Allá le darán los resultados.

—¿Tengo alguna posibilidad?

Ella se queda en silencio un instante mientras parece observar al hombre que permanece de pie en la penumbra.

—Con el izquierdo casi son nulas las expectativas. Una posibilidad entre mil.

Nada nuevo. Lo mismo que me han dicho en otras clínicas. Continúa.

—Pero eso se lo dirá con precisión nuestro retinólogo. Es el mejor del país.

—Es lo que he oído, doctora. Y por eso estoy aquí.

—Vaya y espere en la recepción.

Me levanto con cuidado extremo. Tropezar con alguno de los tantos equipos sería fatal. Camino lento hasta que alguien me golpea. Sin embargo, es él quien reclama.

—Me mira, sosti-ene que no me co-noce, y ahora me gol-pea.

—No fue a propósito —sostengo—. No veo bien.

—¿Y solo porque es de-ficien-te visual de-bo disculparlo?

Mi sangre empieza a hervir. Intento advertirlo antes de que las cosas pasen a mayores:

—Discutir eleva mi glucosa y me vuelvo violento.

—Me golpea y no quiere discutir —tartamudea, sin apartarse un centímetro—. Y todavía me amenaza.

Mi sangre burbujea. Puedo sentirla. Oírla. Mi nuca empieza a doler. Lo que queda de mi ojo derecho lo mira de pie a cabeza: Alto y, sobre todo, con un par de ojos. Sería imposible resolver favorablemente el asunto a golpes.

—Doctor —le dice la doctora mientras le extiende un documento, probablemente mi examen.

Puedo vislumbrar su sonrisa al ojear el papel y luego darme vía libre.

Cuando cruzo la puerta, Almendra está ahí.

—¿Todo bien?

—Bien —le respondo. Y camino, con su apoyo, hacia la recepción.

La sala está casi repleta. Alrededor de veinte personas con problemas de visión y otras tantas de acompañantes. Tomamos asiento, a esperar.

—¿Todo bien? —repregunta Almendra.

—Todo bien: otra doctora venezolana y un tipo medio raro.

Ni bien termino, el tipo medio raro atraviesa la sala y conversa con una de las asistentes. Almendra se da cuenta que no le quito el ojo.

—¿Ese?

—El mismo.

—Yo ya lo había visto. Parece que tiene trastornos. Mira cómo mueve las manos.

—De aquí allá apenas puedo ver su silueta, no los detalles.

—Tiene tics —lo observa—. No solo en las manos. También en la cabeza. La mueve hacia adelante a cada instante. Casi como una tortuga cuando la saca del caparazón.

O, más bien, como un caracol de mar.

—Daría todo por ver esos detalles. ¿Sabes que es doctor?

—¿Doctor? ¿En serio? Con esa facha más parece poeta.

—Según lo veo, lo único que le falta es la bata.

—Lo veo medio raro.

—Tú y yo también somos raros —le digo—. A priori, cualquiera diría que soy tu padre.

—O mi abuelo —sonríe. Y me da un beso.

El tipo con trazas de poeta vuelve a cruzar la sala. Cuando pasa cerca me doy cuenta de que efectivamente tiene un tic en las manos.

—Te saludó —me dice Almendra, luego que él ha pasado.

Estoy por contarle mi desencuentro con él, pero la recepcionista me llama por altavoz.

—Señor Briones: pase al consultorio número uno.

Almendra se levanta y me ayuda de inmediato.

Cuando llegamos, la puerta del retinólogo se abre y aparece el tipo medio raro, ya con bata médica.

—Solo él —le corta el paso. Y cierra la puerta antes que Almendra pueda objetar nada.

—Siéntese, señor sin memoria.

Tomo asiento mientras miro las paredes, repletas de títulos que no puedo leer.

—Su ojo izquierdo está totalmente destruido. Apenas existe una posibilidad entre mil de recuperar algo de visión.

—Y esa posibilidad ¿de qué depende, doctor?

—Primero de Dios —afirma —. Y luego de mis manos.

Intento ver sus manos. Tiemblan.

—Yo soy ateo, doctor.

—Lo sé. Alguna noche loca, en algún lugar, coincidimos.

Yo no atino qué decir. La puerta se abre y entra Almendra, mal encarada, lista a imponer su presencia.

—Si no cree en Dios, señor Briones, esa posibilidad entre mil que tiene su ojo queda exclusivamente en mis manos.

Las miro. Las imagino temblando en medio de la operación.

—¿Él es quien te va a operar? —me pregunta Almendra.

—Sí, seño-rita —se adelanta el doctor, de nuevo con su tartamudeo—. Soy el retinólogo que ope-rara a su pa-pá.

Afuera, en la recepción, le dirán el día y la hora.

El doctor se levanta y extiende su mano temblorosa.

Yo alargo la mía. En el instante en que las apretamos un relámpago ilumina mi memoria. Los detalles del recuerdo son imprecisos, pero me alcanzan para precisar que lo conozco para mi mal.

—¿Te acordaste?

—No —miento—. Definitivamente no.

—Ma-la sue-rte —sonríe mientras abre la puerta y nos invita a salir—. Nos ve-re-mos en el qui-ró-fa-no.

Salgo mientras algo frío recorre mi espina dorsal.

LA LEY DEL TALIÓN

Hecho el diagnóstico, el especialista me indica:

—Déjeme su ojo y yo lo llamo cuando esté reparado.

—¿En cuánto tiempo, doctor?

—Eso es rápido. Un mes.

Pienso en todas aquellas promesas de entrega puntual que hacen artesanos, mecánicos, electricistas y, en general, quienes se dedican a todo lo reparable. Escruto al médico. Parece confiable. Aun así, lo cuestiono:

—Un mes es una eternidad, doctor.

—El protocolo no permite menos tiempo, señor Briones.

—¿Seguro, entonces, en un mes?

—Más puntual que yo, ni los ingleses —cambiando el tono, agrega—: si quiere que lo repare, déjelo, y vuelva cuando le digo.

—Mientras arregla mi ojo, ¿me daría uno de reemplazo?

—Aún la ciencia no avanza tanto.

Con el dolor de mi ojo derecho, dejo el dañado y me marcho.

Un mes después, a la hora pactada, regreso.

En cuanto me ve, el arregla ojos no atina qué hacer.

—¿Pasa algo con mi ojo, doctor?

Sin decir palabra, va y busca en su frigorífico. Trae un ojo y me dice:

—Aquí está.

Mi ojo bueno se sobresalta y envía un mensaje a mi cerebro.

—¡Este no es mi ojo!

—¿Cómo que no?

—Mírelo: ¡Es verde!

—¿No le gusta el verde? Hay gente que vendería el alma por ese color.

—No es mi caso, doctor. Yo amo a mi ojo. Hemos estado juntos sesenta años y todo lo que he visto, vivido, y disfrutado, ha sido por él.

El ojo que me queda se sobresalta y me obliga a reconocerlo.

—También mi ojo derecho, la verdad sea dicha. Lo amo. Sobre todo, ahora que es difícil para él cargar solo con todo el peso de lo que tengo que mirar. Así que, doctor, devuélvame mi ojo o...

Él me observa fijamente. Son dos ojos contra uno, pero le sostengo la mirada. Me doy cuenta, incluso, de que se parecen mucho a los míos.

No me vendría mal uno de ellos. En una situación extrema, digo.

Le repito:

—¡Mi ojo, doctor!

Él respira profundo y luego suelta su excusa:

—Se nos perdió.

—¿Se le perdió o utilizó las partes buenas para reparar otros?

El imbécil da un par de vueltas antes de decir:

—Venga el próximo mes y le solucionaré su problema.

—Ya conozco ese cuento de nunca acabar, doctor. Excusas y más excusas.

—¿Y qué quiere que haga? ¿Acaso es mi culpa que su ojo se nos haya extraviado?

La glucosa empieza a trastocar mi sangre. Hiervo.

Mi ojo derecho va de un lado a otro buscando no sé qué.

Se detiene en el instrumental quirúrgico —estiletes y tijeras al alcance de mi mano— mientras mi memoria recuerda parte de una cita bíblica.

Y entonces, ¡zas!: Ojo por ojo.

EN MI GARGANTA TENGO LA LLAVE QUE ABRE LA PUERTA AL INFIERNO

Mi mujer murió esta mañana y nuestro hijo ayer. Los enterré bajo el árbol de mango en el jardín. Con la cabeza del pequeño en el regazo de su madre, abrazados, tal como ella me lo pidió antes de partir.

Fue mientras les echaba las últimas paladas que empezó a sonar el teléfono. El dolor había formado un nudo en mi garganta y anegaba tanto mi rostro que no contesté y el jefe tuvo que dejarme un audio.

–Esta noche tenemos trabajo. Hotel cinco estrellas, clientes vip, políticos, full seguridad sanitaria y de la otra. Muy buena paga y, seguramente, harta propina. Avísame pronto que, si no puedes, tengo otros en carpeta esperando por tu puesto.

Lo de la buena paga es relativo y lo de las propinas es el cuento de siempre, expectativas que casi nunca se cumplen: los ricos son cada día más tacaños.

En cuanto a los políticos, todo lo que tengo que decir es que, si antes de la pandemia los despreciaba, ahora, definitivamente, los odio.

Espero un buen tiempo antes de tener un poco de alivio en el corazón para escribirle que me envíe los datos para estar en el lugar a la hora precisa. De mi desgracia no le cuento nada. No tiene por qué importarle. Ni a él ni a nadie.

El resto de la tarde paso bajo el árbol de mango, echado sobre el montículo de tierra, llorando a mis muertos, jurándoles que no tendré otra misión mientras viva que la justicia.

Aunque la fiesta empezará recién a las nueve, los del servicio debemos estar dos horas antes. Así que ni bien cae el sol dejo mi corazón bajo el árbol de mango en el jardín, me acicalo para la ocasión y atravieso la ciudad en bicicleta. No hay buses ni taxis ni exceso de pobres en las calles: son tiempos del Quédate en casa.

Llevo mascarilla, guantes, visor, no quiero despertar sospechas, tener que explicarle a nadie.

Llego justo cuando el jefe inicia su perorata al equipo: músicos, meseras, cocineros, asistentes, presentadores, técnicos, y al bartender, yo. Somos casi cien para atender a casi el mismo número de invitados.

—A la gente de alcurnia le gusta lo mejor —dice—. Y paga para que se lo demos, aunque estemos con las tripas afuera a causa de la pandemia.

—A propósito de eso, jefe, quiero decirle que yo...

—Estoy en uso de la palabra, Tello. Si usted tiene problemas, si no puede seguir mis instrucciones al pie de la letra, retírese en este momento y nunca más volveré a llamarla. Hay miles ahí afuera que quieren su puesto.

Tello agacha la cabeza. Cuando la levanta, le envío un gesto de solidaridad.

—Volviendo al tema: es fundamental mantener el distanciamiento social.

Algunos empiezan a tomar distancia de los vecinos: dos metros entre uno y otro.

—La distancia que me interesa es la que el servicio mantenga frente a los invitados. Y así será. Si yo recibo una sola queja, ese alguien no vuelve a trabajar conmigo jamás. ¿Está claro? ¿Entiende, señorita Tello?

—Entiendo, jefe —responde Tello, de mala gana.

Y cada quien se va a cumplir con la parte que le toca en los preparativos.

A las nueve, el estacionamiento del hotel permanece vacío. Ni un solo carro de alta gama. Como es costumbre, los ricos se hacen esperar. Por simple sentido de clase. No es que estén, como los pobres, incluso como muchos que se asumen de clase media, cuando irán a una fiesta, probando al apuro en las tiendas de ropa usada cuál de esos vestidos, de segundo o quinto uso, les encaja mejor. O en las colas para extender, cortar, alisar, ondular, o pintar, el cabello, y ponerse las pestañas y uñas postizas de moda.

Todo esto, aunque se quede entre la tienda, peluquería y zapatería, el sueldo del mes siguiente.

Las mujeres de los ricos no necesitan nada de eso. Ya nacen como son.

Recién a las once es que la fiesta se ha prendido. Tanto, que abandono la barra y salgo a dar una vuelta.

No tardo en tener ante mis ojos a la mujer más hermosa que he visto en los últimos tiempos, del cabello a los pies.

Baila con un imbécil.

Mientras la contemplo, mi odio empieza a diluirse. Pero, ni bien se sientan, el imbécil me grita.

—¡Oye, mesero, despierta!

Me acerco hasta quedar a un par de metros, como manda el distanciamiento social y como la mano extendida del sujeto me marca.

—¡No te acerques! —Grita—. Ni un centímetro más.

—No soy mesero —le informo—. Soy el bartender.

—¿Y cuál es la diferencia? Estás aquí para servirnos. Eso es lo único que cuenta.

—Por favor, Daniel —lo increpa ella. Y a mí, apenada—: Discúlpelo. Antes de venir ya se había tomado un par de tragos.

—Tráeme un Johnnie Walker Azul doble. Y, para ti, mi amor, ¿está bien un Bloody Mary?

—¿Qué me aconseja usted? Recomiéndeme algo.

—¿No oíste que ya le ordené?

—Él es una maravilla creando cócteles. Lo he visto en una revista extranjera. ¿O fue en el Twitter? ¿Usted ganó el World Class Competition, cierto?

—Cierto, señorita.

—¿Ves, Daniel? Ganó un concurso internacional. ¡En España! ¿Qué me recomienda usted?

—Podría prepararle algo muy personal. Por ejemplo, un cóctel que abarque todos los sabores: de cítrico a salado, dulce y amargo. Algo tan elegante y sofisticado como usted misma.

—Me encanta. ¡Qué galante!

—¿Estás cortejándola, pendejo? —Amaga levantarse.

—Cálmate, Daniel. El señor solo es amable.

—¿Amable? ¿O sea, merece que lo ames?

—No seas ridículo. Amable de amabilidad.

—¿Crees que este marginal hace diferencias semánticas o semióticas?

—Leí en la revista que también es poeta. ¿Cierto?

—Poeta, no. El Poeta es Pedro Gil. Yo escribo cuentos.

—¡Qué interesante! Voy a tener que leerlo.

—Basta ya. Anda y trae un Bloody Mary y mi Johnnie Azul. Y no digas una puta palabra más o exigiré que te boten como a perro. Por si no lo sabes, mi padre es...

—¡Por favor, Daniel! ¡Ya déjate de estupideces!

Si yo tenía alguna duda, el petulante este acaba de darme razones para convertirles la vida en un infierno.

—¿Entonces qué, señorita?

—¿Qué ingredientes tiene eso que me recomienda?

—Whisky, lima, pomelo, angostura, azúcar, sal de oro, hierbabuena y canela. Como ya le dije tiene ese toque dulce en boca y amargo al final y representa esa dualidad y complejidad de las relaciones de pareja.

—Te jodiste —se levanta—. Ahora mismo te hago botar.

Antes de que alcance a dar un paso, la mujer más linda de la noche le agarra la muñeca.

—Si no te sientas, me largo.

Daniel, el imbécil, da un vistazo a su entorno y luego se sienta mientras me mira con ese tipo de desprecio que puede permitirse alguien que lo tiene todo, hasta un padre que...

—Tráiganos el whisky y mi cóctel —me pide ella.

Me alejo, eufórico, poseído por una sensación de triunfo. Si no hubiese sepultado hoy mismo a mi mujer y a mi hijo, mis pies se deslizarían sin tocar el suelo de tantas ganas de bailar que siento.

Ya en el bar, agarro un vaso de tubo ancho y vierto en él todos los ingredientes que mencioné, le añado hielo picado, y remuevo la mezcla. Lo decoro con hierbabuena y canela mientras chequeo que nadie esté pendiente de lo que hago.

Entonces sirvo el vaso de whisky para Daniel, el imbécil. Un trago más que doble, triple.

Repito el chequeo. Luego me inclino bajo el mesón, me quito rápidamente la mascarilla, y escupo mi mano: es un gargajo también triple, salido de lo más profundo de mis entrañas.

Fricciono el borde superior del cristal, tanto por dentro como por fuera, una y otra vez, hasta disolver, tanto en el cristal como en el líquido, todo el gargajo.

Entonces vuelvo a ponerme la mascarilla y me incorporo.

Antes de cumplir con el pedido de la mujer más linda de la noche, me permito una vista exhaustiva del salón: la fiesta apenas está por entrar en su apogeo.

En un par de horas la mayoría se habrá quitado las mascarillas y podré hacer justicia. Después, al clarear el día, un tiro que desparrame mis sesos bajo el árbol de mango en el jardín. Sin mi mujer y mi hijo, no hay motivo para continuar.
Coloco el whisky y el cóctel en una bandeja de plata y le pido a la primera mesera que veo, Tello, que lo lleve a la mesa que le indico.

Tello se va con la bandeja. Y no sé por qué me quedo con la sensación de que vio o intuye lo que hice. También me ataca el arrepentimiento. ¿Qué culpa tiene ella?

Salgo para impedir que el pedido llegue a destino. Corro. Pero Tello ya ha depositado los tragos sobre el taburete adjunto, colocado ex profeso para evitar el más mínimo contacto entre los invitados y los sirvientes.

Daniel se levanta, recoge los tragos, y vuelve a sentarse mientras cata el suyo.

Igual está por hacer ella. Y es entonces que descubro al hombre que se acerca a la mesa y entiendo a lo que se refería Daniel cuando me amenazó con su padre. Es el político de turno más poderoso de la provincia. El más corrupto, el que maneja los hospitales, el presupuesto, el que se lleva el billete.

Probablemente una parte de ese dinero esté dilapidándose aquí en vez de servir para salvar a los contagiados.

Ver su rostro hace que el odio vuelva a inundar cada célula de mi cuerpo.

¡Qué belleza! Daniel saborea tanto su whisky que su padre le pide probarlo. Cuánto gozo mientras veo cómo cata mi gargajo al mismo tiempo que más gente se acerca a la mesa: los reconozco: Peces gordos de la política. Parásitos. Funcionarios. Con el aire petulante y al mismo tiempo ordinario de nuestros patriotas.

Ninguno guarda la distancia que le exigen al pueblo. Se abrazan y besan.

Ella se levanta. Las piernas sólidas, torneadas, musculosas, y el trasero tan hermoso que empiezo a bombear un río de sangre hacia mi pene mientras la imagino desnuda, gritando, su cuerpo a galope sobre el mío.

Pero es de otro hombre que se cuelga. De uno que también reconozco: el gobernador. Le arregla la corbata, le pasa los dedos entre los cabellos, lo mima, lo besa.

Atar cabos me entristece: la mujer más linda de la noche es la hija de un gran corrupto y novia del hijo de otro, tanto o peor. No sé cómo, pero toda mi admiración por su belleza se estrella contra el piso estruendosamente.

Daniel se da cuenta de que los observo. Mientras pone unos cubitos de hielo en su vaso me mira con ese desprecio propio de los que tienen a los que debemos ganarnos el pan con sangre, sudor y lágrimas.

Suspiro.

Y mientras lo hago descubro que Tello no me quita el ojo. Me escruta, sería mejor decir. De hecho, podría jurar que lo hace desde el mismo momento en que salí de debajo de la barra. Ve que la miro y viene y se coloca junto a mí, codo a codo, rompiendo la distancia social.

—Vi a través del espejo de la barra lo que hiciste con ese vaso. ¿Por qué?

—Mi mujer y mi hijo murieron. Contagiados.

—¿Y tú también lo estás?

—Lo estoy. Pre sintomático. En el momento más alto de contagio. Bastaría que me quitara la mascarilla y me pusiera a cantar, como loco, en medio de este salón para liberar millones y millones de partículas de mi saliva. Tengo en mi garganta la llave que abre la puerta al infierno. Así que lo mejor es que te alejes, niña.

Yo espero que Tello retroceda como si estuviese apuntándola al pecho con aquella vieja Mágnum 357 que guardo en casa para descerrajarme un tiro sobre la tumba de mi mujer y mi hijo.

Pero no lo hace. Permanece. Y me es difícil definir la extraña mezcla de emociones que veo en sus ojos.

—Mi padre también murió hoy —comparte—. Y ni siquiera he podido sepultarlo como merece. Y antes perdí a mi madre y a mis hermanos. En una semana me quedé sola en el mundo. Y tengo muy claro que si no hubiese tanta inoperancia y corrupción podrían haberse salvado. Así que tengo tanta sed de venganza como tienes tú.

—No busco venganza, Tello. Lo que tengo es sed de justicia.

—Como sea, Briones, cuenta conmigo.

La miro. Mejor aún, la escudriño como haría un patólogo con un virus.

—¿También tú estás contagiada?

—Lo supe esta tarde, justo antes de venir hacia acá.

—¿Y por eso le dijiste al jefe lo de guardar el distanciamiento? ¿Para no contagiar a nadie?

—En realidad, quería contarles mi caso e irme y aislarme hasta que me llegase la muerte. Ahora, lo que tengo son ganas de contagiarlo por lo que me respondió. Nosotros no le importamos. Solo los ricos.

—El jefe solo es un perro que ladra por los huesos que le tiran sus amos. Gastar saliva en él, no vale la pena, es desperdiciar el odio. El objetivo debe ser otro: la clase política.

—De acuerdo.

—¿Te imaginas si otros y otras hicieran lo que haremos y fueran por allí, buscando a los políticos corruptos para escupirles millones de virus en la cara?

—Indudablemente que el mundo sería mejor, Briones. Pero tengo una objeción.

—Dila ahora o calla para siempre.

—¿Por qué solo a los políticos?

—Porque son los culpables de que este virus mate a tanta gente. Tú misma lo dijiste.

—Sí, pero no son los únicos malos de la película. Los banqueros son tan, o más, canallas y corruptos. Acuérdate del feriado bancario, de cómo se nos llevaron tan vilmente la plata. A mí me la deben, por mis padres. Y es hora de que paguen.

—Pagarán, Tello.

—Y algunos empresarios.

—También, Tello. Muchos de ellos.

—Entonces manos a la obra. Algunos invitados ya están quitándose las mascarillas.

Es cierto y ya me había dado cuenta. Poco a poco estos cretinos empiezan a ponerse como los quiero.

—¿Tienes algún plan?

—Por ahora, agregarles escupitajos a los cócteles. Más tarde, cuando todos estén alocados, yo también voy a quitarme la mascarilla y seré tan amable que les hablaré al oído.

—Haré lo mismo, Briones.

—Harás más que eso, Tello. Tú cantas, ¿no?

—Cantaba, Briones. Estoy de luto.

—Vamos a cantar esta noche.

—No sabía que tú también cantabas.

—Lo hago muy mal, Tello, pero será por una muy buena causa. Aullaré tanto que no habrá ni el más mínimo espacio donde no llegue mi virus.

—Aullaré contigo.

—Perfecto, Tello —sonrío mientras mi mente vuela.

—Si vamos a estar juntos en esto, no me llames más por mi apellido. Tú sabes mi nombre.

—Sea. Ahora sí, a trabajar que el jefe ya está poniéndonos el ojo. Además, hay que matar el tiempo hasta que llegue la hora.

Tello asiente y se va. Dejo que mis ojos la sigan hasta que desaparece: de espaldas tampoco ha estado nada mal.

Regreso a la barra a paso lento, mirando cómo se divierten los ricos. ¡Qué rostros más felices tienen! ¡Qué elegancia! ¡Qué distinción! Tan guapos, tan perfumados, tan radiantes con sus dientes sin caries, mientras se reparten el mundo, y no se les cruza por la mente que tienen las horas contadas.

Sonrío.

Ahora, con Tello de socia, el asunto irá sobre rieles. De hecho, ni siquiera voy a volarme la tapa de los sesos cuando amanezca. Ni nunca.

Voy a vivir mucho. Y voy a consumir harto ají. El más picante. Ese que me haga producir flema a montones. Voy a ser un verdadero y grandioso fabricante de gargajos. Un emprendedor de la muerte.

Sí, señores: Quiero vivir mucho para tener tiempo de servir cientos, miles, millones, de tragos & cócteles.

Y cantar. Cantar. Cantar.

LA PEQUEÑA MUERTE

No hay peor cosa que estés dale que dale y suene tu insistentemente tu teléfono. Y más aún cuando —ya harto— contestas y quien te llama lo hace para darte una mala noticia. Por ejemplo:

—Amigo: su examen salió positivo.

—No joda, doctor —replicas, los jadeos como música de fondo—. Déjese de bromas pendejas.

—Acabo de pasarle por WhatsApp una foto del impreso.

Si el que te estás pegando fuese un palo normal probablemente tu pene sufriría un deshinchamiento inmediato y tú terminarías por los suelos. Pero media hora antes de empezar la faena te has tomado un par de tequilas y una pastilla azul que te tienen con algo muy parecido al priapismo. Y eso que ya has estado dándole al mete y saca tanto tiempo y tan frenéticamente que ríos de sudor descienden por tu cuerpo y empapan la jovencísima piel de tu mujer, las sábanas, el colchón.

—Quiero ir arriba —te dice.

Tras unas cuantas embestidas, se lo sacas y te tiendes en la cama mojada para que ella de rienda suelta a sus dotes de jinete.

Es luego de la petite mort que escuchas su voz, tan lejana a pesar de que su cabeza yace sobre tu pecho, ambos acurrucados.

—¿Quién era?

—El doctor.

—¿Y qué quería?

—Nada —dices, sin atreverte aún a decírselo. Pero tú ya sabes cómo son las mujeres. Y más esta que se incorpora como con resorte y te mira a los ojos.

—¿Nada? ¿Te llama en medio de un palo y no quería nada?

—Él no tenía manera de saber en qué estábamos.

Ella hace un gesto de aceptación. Aun así, insiste:

—¿Qué quería?

—Deja que lo asimile y te lo cuento.

—Odio el misterio. Odio el suspenso. Odio el...

Sea sin suspenso, entonces —la interrumpo—: Tengo el virus.

2

La foto enviada por WhatsApp es clara.

Aparte del membrete de la clínica y del doctor especialista, contiene mi nombre, número de cédula, de teléfono y, adjunto al tipo de examen, una palabra, POSITIVO, que, en contra de su esencia y paradójicamente, me condena: en los próximos días -quizá horas— seré uno más de los miles —o millones— de cadáveres que dejará esta pandemia que arrasa con los ancianos y los más débiles del planeta, en aras, probablemente, de salvaguardar la economía global.

—Estoy segura de que ese examen es de otro. Los médicos siempre se equivocan —sostiene mi mujer, la voz quebrada, los ojos enrojecidos—. ¿Cómo carajos vas a estar contagiado si nunca sales? ¡Si soy yo la que anda en la calle, haciéndolo todo, precisamente para que no te expongas!

Estoy por darle mi versión sobre el asunto, pero suena el celular. Es el doctor, en videoconferencia.

—¿Qué hubo, doc? —le digo a una especie de astronauta que aparece en la pantalla de mi celular.

—Aquí, amigo —me responde mientras se acomoda el protector facial, las gafas, la mascarilla y hasta el mono—, angustiado por su diagnóstico.

—¿Los médicos se angustian, doc?

—Ante tanto dolor y muerte que tratamos tenemos que ser insensibles, pero usted es mi amigo.

—Lo decía por el equipo de protección que lleva. A mi daría más angustia tener que usarlo. Pero olvidemos eso y cuénteme: ¿En cuántos días moriré?

—No sea trágico, amigo. Apenas muere el siete por ciento.

—Eso será en los países del primer mundo. Acá, y con el gobierno de mierda que tenemos, los números son a la inversa: apenas se salva el siete por ciento. Y para ser parte de los salvados hay que ser joven, atlético, guapo, sin enfermedades prestablecidas e, incluso, sano de alma. O sea, doc, creyente.

—Amigo, si se pone negativo...

—¿Negativo? —lo interrumpo—. Doctor: el examen que me envió dice que soy PO-SI-TI-VO.

—Déjese de bromas, amigo, que su caso es serio. No se olvide que, muy aparte de su edad, es hipertenso y diabético. Y, además, lleva una vida con excesos.

—Déjeme decirle, doc, que tengo noventa días que no salgo de casa.

—Soy yo quien sale, doctor —mete en el cuadro el rostro y su voz mi mujer—. Él solo baja a la playa. Y eso cuando no hay nadie.

—Cúbrete —le digo mientras le tapo las tetas al aire.

Ella se cubre, olvidada que antes de la primera llamada estábamos en medio de un mete y saca.

—No se ve nada, solo la cara —parece lamentar—. ¿Cómo está? ¿Usted tiene algún síntoma? ¿Tos? ¿Fiebre?

—Ninguno, doctor. Y mi esposo tampoco. Es viejo, pero sano. Claro, aparte de la diabetes y de la presión que, cuando se le sube, lo vuelve tan insoportable que hasta me dan ganas de matarlo. O, al menos, de abandonarlo. Para mí que usted, o quien le tomó y procesó las pruebas, se ha equivocado.

—Eso es imposible, señora. Yo soy muy meticuloso. No me permito ningún margen de error. Y si yo le digo que su esposo tiene el virus y, probablemente, va a morir, delo por hecho.

—Claro que va a morir, pero usted se va primero —le grita mi mujer—. Pendejo.

Y cierra.

Eso fue hace sesenta días.

Y yo recién me entero de que el doctor murió hace una semana.

—¿Cómo así después de tanto? —responde Equis, áspero, al identificar la voz— ¿Qué quieres?

—Tú nombre ya saltó, compañero.

—No me llames compañero. Y, sobre todo, no uses ese tonito de que te doy pena.

—Compañero: eso que hiciste no daña al gobierno, sino al país.

—Daño hace quien milita, instruye, organiza, y, en el momento crítico, se cambia de bando. Daño hace quien traiciona.

—Si te refieres al pasado, Equis, recuerda que permití que escaparas. Te avisé con tiempo.

—Una hora después de que tuvieses la orden. Cuando tus hombres ya estaban por tirar abajo la casa de seguridad.

—Como sea, escapaste.

—No fue por tu soplo —rebate Equis— ¿Quieres saber quién me lo informó? Realmente llamas por eso, ¿no?

Hay un silencio tan tenso como el brazo que empuña un machete que se dispone a separar de un tajo una cabeza.

Equis camina hasta el balcón y otea ambos lados de la larga avenida que recorre la gran bahía. Hay un vacío tal como si los humanos se hubiesen esfumado de un instante a otro.

—Han impuesto el escenario ideal —sostiene Equis—. Toda la gente encerrada entre sus cuatros paredes esperando que termine esta pandemia. ¡Qué bien instalaron el miedo! ¡Puro terror sicológico!

—Estás hablando como si nosotros hubiésemos creado el virus.

—No tienen ni pizca de inteligencia para crear nada, pero si la suficiente maldad para aprovecharlo, inmovilizando a toda la población. Y desapareciendo a quienes se les oponían. ¿A cuántos hasta ahora?

—Los que tú llamas desaparecidos, han muerto por el virus.

—Claro: se mueren por el virus y los envían directo a la fosa común, o los queman en mitad de la calle, sin ningún protocolo.

—El presidente dice que hay que acabar con el virus comunista, compañero.

—¡Puta madre: no me llames compañero!

Otro silencio. La avenida vacía, La playa igual, kilómetros de arena sin una huella humana. Lejos, en el aire revolotea una bandada de gallinazos.

—No solo a ellos, sino que aprovechan para exterminar a los chicos de la calle, a los miserables, a los desadaptados, a todos quienes incomoden a las élites a quien este gobierno sirve.

—¡Escucha, paranoico de mierda!: Ese maldito virus está acabando con todos! No solo con los pobres. Ni con los ancianos. Mi propia mujer, tan hermosa, tan delicada, acaba de morir —empieza a sollozar—. ¡Y ni siquiera puedo hacerle un velorio digno, un sepelio con mariachis como a mí me hubiese gustado! —Llora ya abiertamente—. La han quemado en la mitad de la calle sin la menor piedad, sin permitirme que le diga adiós.

—Si tus patrones oyesen tu llanto te darían un par de patadas en el culo y te echarían del trabajo. Un exterminador no debe tener sentimientos.

—¡No soy un exterminador!

—Podría hacerte una lista de tus víctimas. Incluso de esos líderes que te han mandado a ejecutar al otro lado de la frontera.

El llanto cesa ipso facto.

—¿Cómo sabes eso?

—Ahora que murió tu hermosa y delicadísima mujer, ya puedo decírtelo. ¿Quieres oírlo? ¿Quieres saber quién me soplaba todo y a cambio de qué? Llamaste para que lo confirmase, ¿no? Pues sí: fue ella.

En otro lado el llanto se torna histérico.

—¿Por qué? ¿Por qué lo hiciste?

—Porque traición se paga con traición —sostiene Equis.

—¿La contagiaste? —la sonrisa de Equis denota cierta tristeza—. ¿Tú la contagiaste?

Equis cierra la llamada. Apaga el celular.

Se pone a observar el malecón.

Lejos, de la nada, surgen unos individuos que arrastran un bulto y lo dejan tirado en mitad de la calle.

Los sujetos se esfuman tal como aparecieron.

Casi de inmediato, la bandada desciende y empieza a devorar el bulto.

Equis cierra los ojos.

Un día de estos, podría ser su cuerpo.

EL ÁRBOL DE MANGO EN EL JARDÍN

La mujer lleva al menos un par de horas hurgando por todos los resquicios de la casa cuando recuerda, por fin, que no era adentro sino afuera donde la había escondido la última vez.

La angustia que tenía hasta entonces desaparece mientras se cerciora de que su marido continúa haciendo la siesta, alargada esta vez por unas gotas para dormir.

La mujer –llamémosla María– atraviesa como una exhalación las habitaciones y sale al jardín de atrás, en cuyo centro se yergue un palo de mango.

Un círculo de ladrillos colocados de canto sirve de salvaguarda al árbol, aún joven.

La mujer levanta uno de los ladrillos, escarba ligeramente, y encuentra una funda de plástico. Pequeña. La rompe y aparece otra funda. Y una tercera que cubre a una minúscula libreta.

La mujer deja escapar un suspiro y le da un beso al cuadernillo. Lo hojea. Son números. Precedidos, de una o dos letras. No más.

La mujer –ya dije que se llama María, ¿cierto? –saca su celular y marca una video llamada. Mientras espera, el sonido de su corazón es tan alto que si estuviese más cerca podría despertar a su marido.

–¿María?

–¡Nando! –El grito es ahogado por su propia mano–. Estoy angustiada.

–Todos lo estamos, María.

–No quiero que mueras, mi amor.

–Mientras esté aislado –y lo estoy– no me va a pasar nada.

–Estás aislado con esa perra, ¿cierto?

–María: esa perra es mi esposa. Y contigo hace tanto tiempo que no tengo nada que no entiendo por qué llamas.

—¡Imbécil! Te llamo porque alguna vez te amé —casi solloza—. Y no quiero que mueras.

—¿Tienes problemas con tu marido?

María guarda silencio.

—¿Tan pronto dejaste de amarlo?

—La tiene chiquita, Nando —Si mirase hacia arriba, la mujer podría darse cuenta de que su marido la observa desde una ventana. Y no solo eso, sino que también la escucha. Desencajado—. Este maldito encierro me ha servido para descubrir que me equivoqué. Que nunca dejé de amarte.

—¿Estás hablando en serio, María?

—Absolutamente, mi amor. Solo pienso en ti.

—También yo, mi perrita —confiesa Nando-. Con decirte que cada vez que me la tiro, imagino que es a ti a quien se la estoy metiendo, que eres tú quien me la chupa y que...

—¡¿Qué dijiste, hijo de puta?! —alguien grita detrás de Nando. Acto seguido, la imagen se mueve caóticamente, algo golpea el rostro de Nando, la sangre salpica la pantalla y la señal se corta.

Y entonces María descubre a su marido. Tan cerca de ella que su corazón se paraliza, probablemente antes de que la hoja del machete le cercene el cuello.

Es un tajo tan limpio que la cabeza es desprendida totalmente.

El hombre que la cortó de tan precisa manera se deja caer sobre los ladrillos que forman un círculo alrededor del palo de mango y llora.

Un rato largo después, el teléfono de María suena.

El hombre contesta, aún en medio del lloriqueo y dice que María había sido infectada por el virus y acaba de morir.

—Tendré que sepultarla aquí, bajo el árbol de mango que ella tanto amaba.

—No queda de otra —le dicen—. O la sepultas tú mismo o la quemas. Es lo que estamos haciendo todos.

El hombre asiente.

Y aumenta su llanto.

EL BILLETE DE 20 DÓLARES

Es de un cajero en el aeropuerto que el billete de esta historia sale a recorrer el mundo después de estar allí apenas unos minutos, desde que un empleado bancario alimentara el aparato.

Pertenece a la última emisión de la Reserva Federal de los Estados Unidos, de modo que está tan reluciente que la mujer que hace la operación que lo saca de allí lo frota no una sino varias veces mientras tose y tose y se dirige a la salida.

Ni siquiera lo guarda en la cartera, pues el billete tiene un fin específico, un destino inmediato: pagar al taxista que la llevará a casa de su hijo.

El taxi que la recoge está conducido por un hombre de traza vulgar que ni bien oye su acento, al dar la dirección, le pregunta:

—¿De la madre patria?

—De la mera España —contesta mientras mira por la ventanilla—. ¡Ostia, que la ciudad sí que ha cambiao!

—¿Usted es española o...?

—Joder, pues claro que sí. Lo dice mi pasaporte. ¿Quieres que te lo muestre?

Y lo saca y lo muestra sin esperar la respuesta.

El taxista casi que ignora el documento, se fija más en el rostro.

—Pero nació aquí.

—¡Pues qué te puedo decir, hombre! Una no elige el lugar donde la paren.

—Ni los padres —comenta—. ¿Y cuántos años tiene allá?

—Veinte, me fui con la crisis bancaria. ¡Ostia, me quedé en la calle!

—¿Y hace cuántos que no viene?

—También veinte, hombre. Quise antes pero no pude.

—¡Veinte! Ha de estar forrada de euros.

—Pues fíjate que no. La situación en España, y en toda Europa, no anda nada bien. Sobre todo, ahora, con ese virus chino. ¿Has oído hablar de él?

—Algo, pero eso es allá, entre chinos. Hay muchos. Entre más mueran, mejor para el planeta. Me lo dijo un pasajero que parecía poeta, de esos con lentes.

—Pues fíjate que en España ya hay algunos contagiados. Y todo va para peor.

—¿Por eso se vino? ¿Huyendo del virus?

—Pues qué te voy a decir: Dios es el único. Y ya deja de hablar de eso, que me pones nerviosa.

Y no hablan más.

Pero el nerviosismo ya se le queda instalado. Y lo somatiza pronto con un acceso de tos. Leve, eso sí.

Le da pereza sacar su pañuelo y se cubre la boca con los veinte dólares.

Luego la mujer paga con él y el taxista le cobra como a española. Mientras le da algo de cambio, la casa y el barrio se alborota y se prende el festejo: abrazos y besos a la europea: a un cachete y luego al otro.

El taxista observa un instante largo mientras acaricia el billete: la mujer ha sido muy popular, tan alegre y alborotadora como una gitanilla de verdad.

Una a la cual, de pronto, le da un acceso de tos. De tos seca, cabe decir.

El taxista denota inquietud, pero solo un instante. Le da un beso al billete, lo guarda y se va, en busca de otras carreras.

Luego de algunas, entra en un prostíbulo y se toma un par de cervezas mientras resuelve su dilema del día: con cual de tantas putas va a sacar lo que tiene dentro.

Finalmente, escoge a una con trazas de ex reina de algo, y entra. Ni bien lo hace, le extiende el billete de veinte

—Estoy seguro que hace tiempo no veías uno tan nuevo. Me lo dio una española. En realidad, una chola que ha vivido veinte años allá —comenta mientras se desnuda—. ¿Tú nunca has ido a España?

—Si quieres conversar es otra tarifa.

—Un taxista tiene es gente con quien hablar —responde mientras se sacude el pene, ya duro—. Contigo lo que quiero son los tres platos.

—¿Tres platos por veinte dólares? —Se altera la mujer—. Estás loco. Para eso me tienes que darme al menos treinta. Y apúrate que tu tiempo se acaba.

La mujer huele el billete, cierra los ojos y pone cara de soñadora. Luego lo guarda en una gaveta donde hay otros billetes, viejos y sucios, se quita la parte de abajo y se acuesta sobre el camastro mientras agarra su celular y lo enciende para ver un episodio de la Virgen de Guadalupe.

Después de infinidad de otros clientes, la mujer se baña como si quisiese arrancarse la piel, se viste con un ropaje de esos que llaman muy decente, toma un taxi a la terminal, se coloca sus lentes, compra un boleto, y cuando va a subir al bus alguien la llama desde atrás:

—¡Licenciada!

La licenciada se vuelve y espera. El hombre, con aspecto de profesor fiscal, se acerca y le da un beso en la mejilla.

—¿Le pasó algo?

—¿Por qué la pregunta, licenciado?

—No la vi en el seminario. Y ayer y antier tampoco.

—Me la pasé enferma. En el hospital.

—¿De verdad? Cuánto lo lamento.

Suben al bus. Pero les toca asientos diferentes, de modo que durante el inicio del viaje se la pasan casi gritándose por entre los rostros de los pasajeros. Ella, muy interesada en los sucesos del seminario y en lograr que el licenciado le dé copia de los documentos.

Ya en la carretera, dos de los pasajeros se levantan y mientras uno camina hacia la salida el otro avanza hacia el fondo.

Giran sobre sus pasos, sacan sus armas y gritan la mejor frase que aprendieron en sus vidas:

—¡Si alguien se mueve, se muere!

Y acto seguido, despojan a todos.

Sí, también a la licenciada. Y el billete cambia de manos. Nada raro en este sistema capitalista.

En las siguientes horas pasará por las manos de un vendedor de drogas, luego por las de un policía de narcóticos que se lo entrega entre otros billetes a su jefe, el coronel.

—La cuota del día.

Al llegar a su casa, con una bolsa en la mano, el coronel besa a su esposa, saca de la bolsa unos billetes y los lanza al aire sobre la cama, guarda la bolsa en una de sus tres cajas fuertes, se quita la ropa, y se desnuda mientras piensa que ella debe estar ansiosa por un mete y saca.

—Véngase para acá, licenciada —le dice, mientras golpea con suavidad la cama—. Estoy recargado. ¿Cómo le fue en el seminario?

—Excelente. Fue muy intensivo. Ahí tengo todos los papeles -responde mientras lo único que le da vuelta en la cabeza son los rostros de esos hijos de puta que la asaltaron.

Piensa, acomodándose entre los brazos del coronel y recogiendo los billetes, entre ellos el protagonista de esta historia:

¨Ojalá llegue aquí esa puta epidemia y los mate a todos¨

EL SEÑOR EQUIS YE ZETA

Apenas el señor Equis Ye Zeta se entera de que crece la ola de muertos y contagiados llama a sus ejecutivos y pone a rodar la siguiente etapa del plan que estableció para sus empresas de servicios sanitarios -y para su vida- hace ya cinco años, allá en Nueva York, en una reunión de negocios.

Entonces, el dueño de la multinacional, de la cual es representante en su país el señor Equis Ye Zeta, le contó que había estado recientemente en Vancouver, Canadá, en una charla TED de Bill Gates sobre el futuro del planeta.

Bill Gates había subido al escenario llevando sobre una carretilla un gran barril negro con los sellos del Departamento de Defensa de Estados Unidos.

–"Un barril como este era lo que muchas familias guardaban en el sótano de sus casas cuando yo era niño", empezó Bill. Y toda la gente lanzó un suspiro y dijo "¡Oh, my god!" Luego hizo absoluto silencio y continuó: "Pero no estaba lleno de petróleo sino de latas de comida, de agua, y de otros artículos necesarios para sobrevivir a la gran amenaza de la época: una guerra nuclear". Y aquí el ¡Oh, my god! fue un grito que inundó toda la sala. Ya usted sabe cómo son estos gringos.

El señor Equis Ye Zeta lo habría dado casi todo por estar allí y no tener que oírlo de segunda mano. Mejor dicho, de segunda voz y con acento. Chino, para remate. Lo ideal hubiese sido escuchar en vivo y atentamente cada palabra de aquél genio de la informática.

–"Pero no vengo a hablarles de un apocalipsis atómico –continuó Bill en la voz del interlocutor chino– sino de la próxima catástrofe global: una pandemia a partir de un virus que se propagará rápidamente por todo el mundo a través de pacientes asintomáticos. La mayor amenaza en nuestro futuro no son los misiles –enfatizó Bill, también el chino–, sino los virus, los microbios".

—¿Eso dijo Bill Gates? —el señor Equis Ye Zeta siente retortijones en sus tripas.

—Eso, míster Ye Zeta, y que el efecto de esta pandemia será mil veces más devastador que el de cualquier otro virus conocido, por una simple razón.

Al señor Equis Ye Zeta no le agrada nada que este chino estadounidense se interrumpa solo para beber un té. El señor Ye Zeta sufre de ansiedad. Es aprehensivo in extremis. Se lo han dicho la infinidad de sicólogos a los que ha acudido en los últimos años. Así que -ante la tardanza- el señor Ye Zeta se quita los lentes y comienza a jugar con ellos mientras acepta que si aquél chino estadunidense fuese su subalterno ya le habría abierto la garganta de un tajo para extraerle cada una de las palabras que faltan.

—Por favor —casi es un ruego—, continúe.

—El contagio será asintomático, míster Ye Zeta, así que cada persona podrá contagiar a muchísima más gente antes de darse cuenta de que está enferma y en peligro de muerte.

—¿Mori-rá quién se con-ta-gie? —la voz tiembla algo así como seis puntos seis en escala de Richter.

—Por supuesto, míster Ye Zeta. Tardarán muchísimo tiempo antes de descubrir la vacuna para un virus que aún no conocen. Morirán cientos de millones antes de tener la cura.

—¿Tan-tos? —el señor Equis Ye Zeta siente que su corazón es un caballo al galope.

—Míster Ye Zeta: será un virus del que las personas contagiadas no manifestarán síntomas inmediatos por lo que podrán subir a un avión, desplazarse a diferentes lugares, entrar en contacto con decenas de personas, y estas con cientos. O sea, ese virus creará una reacción en cadena inimaginable.

Al señor Equis Ye Zeta se le aflojan tanto las tripas que tiene que apretar las nalgas y reacomodarse en el sillón.

—Lo bueno es que, como en toda pandemia, solo morirán negros y pobres, ¿no? —intenta tranquilizarse mientras saca un tubito con pastillas y se toma una.

Lo cierra y retorna a su sitio original.

—En la primera etapa el virus no hará distinción ni de clase ni de raza. Morirán algunos ricos. Después, solo los pobres. Y los viejos. Y los negros. Y también, señor Ye Zeta, los latinos.

El señor Equis Ye Zeta saca el tubito y se toma no una ni dos sino tres pastillas.

—¿Y qué tendremos que hacer?

—Prepararnos, míster Ye Zeta. Lo que viene es una guerra biológica —sentencia el chino—. Una guerra contra un enemigo invisible. También es una gran oportunidad para negocios.

Al señor Equis Ye Zeta le queda tan claro el asunto que apenas retorna al país se dedica a ejecutar el plan esbozado al final de aquella reunión.

Y hoy, cinco años después, tiene la plena seguridad de que esta pandemia lo convertirá en uno de los hombres más ricos de América. Y, sobre todo, saldrá vivo para contarlo.

—El helicóptero está listo, señor —le indican—. ¿Le ayudo con las mochilas?

—Las llevaré yo mismo.

—¿Seguro?

Al Señor Equis Ye Zeta le basta ponerle una dosis pequeña de severidad a su mirada para que su asistente meta el rabo entre las piernas y desaparezca.

Lo cierto es que las mochilas pesan tanto como si llevara cinco millones de dólares en cada una. Pero el esfuerzo de cargarlas valdrá la pena. Años de seguridad absoluta.

En el elevador panorámico, hacia el helipuerto, en el último piso de su edificio, el señor Equis Ye Zeta, recibe una video llamada.

—Madre... Te amo

Al señor Equis Ye Zeta el corazón se le inflama al verla allí, en el bunker, donde fue a dejarla esta mañana.

—¿Hiciste lo que te pedí? —le preguntan.

Aunque su corazón es enteramente de su madre, el señor Equis Ye Zeta tiene miles de cosas en la cabeza.

—¿No llamaste al obispo?

El señor Equis Ye Zeta no atina qué decir.

—¿No has hablado con él?

La madre lo conoce como a quien se ha parido. Así que no espera respuesta.

—¿Tú crees que, sin la bendición de ese hombre santo, voy a quedarme aquí? Si no lo traes de inmediato, en el nombre de Cristo, me regreso a la ciudad hoy mismo.

—No hay manera de salir del bunker, madre. Solo en helicóptero. Así que mejor me espera, que yo se lo llevo.

—Más te vale —dice la anciana y cierra, olvidándose de recordarle el otro asunto.

El señor Equis Ye Zeta, conoce muy bien el carácter de su madre. Así que ni bien ella cierra, él busca el número del obispo y lo llama.

El obispo no responde. No podría decir ni que sí ni que no pues tiene la boca muy ocupada, igual que las manos con las cuales se apoya en el borde del jacuzzi, obligado por la fuerza del embiste.

Solo al acabar es que se levanta, se seca las manos -y la boca chorreante-, ve de quién es la llamada perdida y marca mientras le lanza un par de besos a los adolescentes que continúan en el jacuzzi.

—¿A-ho-ra sí nos com-pra-rás la mo-to? —le grita el más alto.

El obispo hace un gesto de cansancio y se escuda en la llamada.

—Por lo me-nos una bici-cleta —insiste el muchacho—. Me lo prometiste.

El obispo ya está en la llamada.

Cuando el helicóptero desciende en la explanada de la catedral, el señor Equis Ye Zeta observa que el obispo no está solo y denota que no le gusta nada. Marca.

—No me dijiste que traerías compañía. ¿Quiénes son?

—Mis monaguillos. Si no van ellos, yo tampoco.

—¿Y si están contagiados?

—Dios protege a sus hijos.

—Como sea, nadie sube si no se desinfecta.

—Te puedo jurar que están sanos. Tienen media cuarentena encerrados. Y yo soy muy cuidadoso.

—Al abrir la puerta encontrarás desinfectante. Y también trajes, guantes, y mascarillas.

El señor Equis Ye Zeta cierra. Y se dispone a esperar. Como quien no quiere, ojea a los chicos mientras vienen, se desinfectan, y se ponen los trajes protectores. Entre dieciséis y dieciocho, no deben tener más. Uno alto y el otro, pequeño. Si la procedencia no se les notara tanto, le parecerían atractivos. Sobre todo, aquél a quien precisamente le falta un diente.

—Listos -dice el obispo.

—Las mascarillas.

—Tienen tu marca —un tanto burlón el obispo—. ¿Estás produciendo estas cosas?

—Millones, decenas de millones. Y no solo trajes, mascarillas y guantes sino todo lo que la gente cree que le servirá para salir vivo de la pandemia. Todo.

El obispo se queda boquiabierto. Los chicos terminan de protegerse.

—¿A-ho-ra sí? —muestra sus manos y su rostro el sin dientes.

—¿Nervioso? —con mascarilla el señor Ye Zeta lo ve más atractivo.

—Tartamudo —corrige el obispo—. Y el pequeño, sordomudo.

Una hora de vuelo más tarde, el helicóptero desciende en la pista de una quinta enclavada en la mitad de la nada, entre la montaña y el mar.

—Qué locura la tuya —comenta el obispo, mientras camina, observando todo. También los adolescentes, boquiabiertos—. Esto es el fin del mundo.

—El fin del mundo es lo que se viene.

—¡Es-to es... es ma-ra-vi-llo-so! —exclama, el chico de la dentadura dañada ¡Muy lu-jo-so!

—Ciertamente lo diseñé para sobrevivir cinco años a todo tipo de catástrofes naturales, o guerras, o pandemias, sin renunciar a las comodidades, desde luego.

Cuando salen del aparato, caminan hacia la casa principal.

—Pueden quitarse los trajes de seguridad. Aquí dentro el aire está filtrado a nivel nuclear, químico y biológico. Nada de virus. Nada de bacterias.

Se quitan los trajes, los guantes, las mascarillas.

—Te has preparado para el fin del mundo, pero no para el día del juicio final.

—No me vengas a mí con esas que tú y yo sabemos la verdad. Si no fuera por mi madre...

La madre aparece e interrumpe el diálogo tan ameno.

—Bienvenido a nuestro humilde hogar.

—Hu-mil-de mi po-cil-ga —refuta, casi para sí, el de la dentadura.

—Y ellos, ¿quiénes son?

—Si ellos no venían, tampoco tu obispo.

—Ellos son indispensables para la liturgia —sostiene la voz del obispo mientras maldice al señor Ye Zeta.

—Fui muy clara con mi hijo: si usted no nos bendecía esto, yo me iría de aquí.

—Tratándose de usted, yo hubiese llegado, aunque fuera a caballo. ¿Pero por qué se ha venido tan lejos?

—Ya sabe usted cómo es Equis. Mire todo esto: ¿No le parece un exceso?

—Para mi madre una biblioteca es un exceso.

—Bueno fuera que solo hubiese eso. Pero, excelencia, hay hasta un teatro, una sala de cine, un gimnasio, un spa, un bar lounge. ¡Y si viera el refugio subterráneo! ¡Tiene hasta una clínica! ¡Con quirófano! Y ya vio, desde el aire, el mausoleo: inmenso y hermoso. Con capilla, para que usted nos dé misa los domingos.

—Mamá.

—¿Usted cree que mi dios nos castigue por tanto dispendio?

A unos metros, los chicos observan y escuchan todo, vigilados al mismo tiempo por el señor Ye Zeta.

—Ha-bla ya, Ma-cho Vi-e-jo: ¿ti-e-nes un plan? —susurra el más alto mientras gesticula.

Macho Viejo mira al señor Equis y sonríe. Se lleva una mano a la barbilla, la dobla en ángulo recto y luego la abre hacia arriba. O sea, algo así.

—¿Ca-si?

—¿Es-tas con-cen-tra-do? Per-fec-to, Ma-cho Vi-e-jo.

El señor Equis ve las gesticulaciones, pero de lenguaje de señas no sabe nada ni le interesa. Ni que fuese inglés o mandarín, los cuales le son imprescindibles. Aparte de pobres, mudos. ¿O son mudos porque son pobres? Gira hacia su madre para desechar cualquier pena y justo entonces un pedido le retumba en la memoria:

—No olvides traerme las pastillas, que no tengo ni una.

El señor Ye Zeta se hurga en los bolsillos. No encuentra lo que busca. Su madre lo observa, aunque sus palabras sean para el obispo.

—Dígamelo, excelentísimo: ¿Usted cree que dios nos castigue?

La señora Zeta descubre que algo ha golpeado la memoria de su hijo. Lo conoce demasiado.

—No me las trajiste —la angustia reflejada en el rostro.

El señor Equis Ye Zeta no atina respuesta.

—Ya tengo un plan, Cocorioco —sostiene Macho Viejo, en su lengua de gestos (que yo traduzco, dado que usted, lector, probablemente la ignore), los ojos tan intensos, como aquella vez en que jugó futbol con la cabeza de su padrastro.

—Cuéntamelo, Macho Viejo —susurra Cocorioco, las palabras lentas, silabeadas—. Cuéntamelo. Los detalles.

—Si te lo cuento, vas a decirme que es un plan loco, macabro.

—Todos tus planes son locos, macabros, llenos de sangre, pero siempre han sido efectivos.

—Porque no se los cuento a nadie.

—Pero nadie te entiende. Solo yo. Tienes que decir-me quién me toca.

Macho Viejo cruza el dedo sobre los labios y luego se toca una oreja. Luego señala que hay cámaras por todas partes.

Cocorioco se traga las palabras que estaba por decir. Y Macho Viejo le hace otra seña:

Y ambos se dedican a observar respetuosamente al obispo y a sus amigos.

—Y entonces, Equis: ¿me trajiste o no lo que te pedí?

—Te las traeré más tarde, cuando vaya a dejar al obispo.

—Sin mi pastilla diaria, me muero, ya lo sabes.

—Lo sé, mamá. Lo sé. También yo necesito las mías.

El señor Equis Ye Zeta la abraza mientras mira al obispo.

—Vamos a lo que vinimos —interviene el prelado—. ¿Dónde quiere que eche la bendición?

—¿Dónde? —se sorprende la anciana—. En todas partes. Cada metro cuadrado de esta quinta.

—Mamá.

—Quiero que bendiga todo, espacio por espacio.

—No terminaríamos nunca.

—Si es por plata no se preocupe: mi hijo hará una donación millonaria a la iglesia. ¿Verdad, Equis? Ahora mismo. ¿Trajiste las mochilas, ¿no?

El señor Equis no atina una respuesta inmediata. Se da cuenta de que tanto el obispo como su madre, lo urgen.

—Mis empresas están al borde de la quiebra.

—Equis, se trata de Dios —reprende la madre.

—Sin embargo, sacando de aquí y de allá, puedo darle algo.

—¿Cien mil? —la voz del obispo es pura ansiedad.

El señor Equis luce impasible.

—¿Cincuenta mil?

El señor Equis parece de piedra.

—¿Veinticinco mil?

—Cinco. Pero le bendices a mi madre toda la quinta. Toda.

—La bendición vendrá del cielo —el obispo contempla el helicóptero—. Voy a necesitar un bidón de agua. Y la limosna para el señor, en efectivo, por favor.

—Todo sea por ti, mamá —acepta el señor Equis Ye Zeta mientras abre su portafolio y toma y entrega un fajo de cien billetes de cincuenta.

Macho Viejo y Cocorioco se miran, boquiabiertos, pensando quién sabe qué.

—Necesitaré una jarra. Si es de plata, mejor.

—No hay problema.

—Y también agua. Un bidón —a los chicos—. Encárguense.

Lo chicos no atinan qué hacer, ni que estuvieran en sus pocilgas para saber dónde está el bidón, si es que hubiese.

—Vengan —los entiende la señora Zeta—. Vamos a ver el agua y la jarra.

Y así los chicos descubren que el agua bendita viene en bidones. En los tres que la señora Zeta les hace subir al aparato.

—Es mejor que sobre y no que falte.

Macho Viejo asiente mientras sigue dándole vueltas y más vueltas al plan, afinando los detalles.

Cuando el helicóptero se eleva, también va la señora Zeta

—Voy contigo. Así no te olvidas de mis pastillas.

—Te compraré para todo un año.

—No, porque expiran.

—Cierto es, madre —el señor Ye Zeta está un poco harto. Un empresario de su calibre en estas—. Siempre tienes la razón.

—Además quiero oír las benditas palabras del obispo.

—No diré mucho —explica—: El señor me escucha más cuando estamos a solas. Esta noche hablaré con él. ¡Qué maravilla de aparato! ¿Cuántos milloncitos te costó?

El señor Equis Ye Zeta permanece callado. Mira a los chicos.

—Son sordos, ya te dije. Dale nomás.

—Le costó tres millones —interviene la señora Zeta.

—Es una belleza.

—Este es un Bell 407. Pero voy a cambiarlo con el 429.

— ¿Y ese cuánto vale?

—Once.

— ¿Once qué?

—Once millones.

—¡Dios santo! ¿Tienes tanto dinero como para darte un gustito de once millones?

—Volar es una vocación, no un gustito. Además, ya es imposible circular por las calles. Todo el mundo tiene autos y lo usan hasta para ir a comprar el pan en la esquina.

—Yo no tengo ni bicicleta —interviene Cocorioco—. ¿Alguien me puede regalar una?

Pero nadie le presta atención.

—Aunque sea de segunda mano. O de tercera.

Esta vez, el obispo lo mira con molestia.

—¿Qué has hecho para merecer un regalo así?

—Usted me prometió una. ¿Ahora que tiene plata se me hará el loco?

—Este dinero no se toca. Es sagrado. Es de Dios.

—Pero usted me la prometió si yo me dejaba...

—Cállate.

Macho Viejo le hace señas para que no ruegue.

—Volar es la libertad total.

—Andar en bicicleta también.

—Le apasionan estos aparatos. Desde hace cinco años, que compró el primero, no ha dejado de volar ni un día.

—¿Y nunca has tenido accidentes?

—Mi Dios lo protege siempre. ¿Verdad, mijito?

—No tengo accidentes porque cuido hasta el último detalle. Tengo muchísimas horas de vuelo. Exactamente seiscientos sesenta y seis.

—¿666? ¡Dios mío!

—Bueno, basta de blablá y has lo que tienes que hacer, obispo. Que yo voy a sobrevolar toda la quinta.

En efecto, el señor Equis Ye Zeta se eleva y sobrevuela la quinta mientras el obispo saca de su bolsillo una fundita.

—Abre un bidón.

Cocorioco hace lo que le manda.

Y entonces el obispo abre la bolsita y saca un polvo.

—¿Co-ca?

—Sal bendita —informa.

—Ahora lléname la jarra.

Cocorioco siempre ha sido un chico obediente.

El obispo junta las manos y, muy solemne, reza:

—Señor, dios todopoderoso, tú que eres la fuente y el principio de la vida del cuerpo y del espíritu, dígnate bendecir esta agua que voy a utilizar con fe para alcanzar la protección de tu gracia contra todas las enfermedades y asechanzas del enemigo en esta quinta

—Mejor di bunker. Que Dios tenga bien claro lo que tiene que proteger.

—No vuelvas a interrumpirme ni a hablarme así.

—Por cinco mil dólares puedo hablarte como quiera.

—Equis —interviene la señora Zeta.

—Es la verdad, mamá.

—Señor, dios todopoderoso, tú que eres la fuente y el principio de la vida del cuerpo y del espíritu, dígnate bendecir esta agua que voy a utilizar con fe para alcanzar la protección de tu gracia contra todas las enfermedades y asechanzas del enemigo en el bunker de estos fervientes servidores tuyos, que al inaugurarlo imploran humildemente tu bendición, para que cuando vivan en él sientan tu presencia protectora, cuando salgan gocen de tu compañía, cuando regresen experimenten la alegría de tenerte como huésped.

—Ya está bendita el agua —dice Cocorioco a Macho Viejo.

—Concédenos, señor, por medio de tu misericordia, que el agua viva nos sirva siempre de salvación, para que podamos acercarnos a ti con un corazón limpio y evitemos todo mal del alma y del cuerpo. Por Jesucristo, nuestro señor.

—Prepárate —dice Macho Viejo, con señas que yo traduzco.

—¿Ahorita?

Macho Viejo cruza su brazo, bajo su cuello, apercollándose.

—Oh dios, que con tu palabra todo lo santificas, bendice esta quinta, perdón, este bunker, y, por la invocación de tu santísimo nombre, concede la salud del cuerpo y la protección del alma, a cuantos usen de ella -de él, perdón- con ánimo agradecido, conforme a tus mandamientos y a tu voluntad. Por cristo nuestro señor, amén.

—Amén.

Macho viejo le hace señas de que, a la cuenta de cinco, se encargue del obispo.

—La bendición de dios omnipotente, del padre, del hijo y del espíritu santo, descienda sobre vosotros y permanezca para siempre.

—Amén.

—Cinco —muestra la palma de su mano derecha Macho Viejo

—Señor, padre santo, dirige tu mirada sobre nosotros, que, redimidos por tu hijo, hemos nacido de nuevo del agua y del espíritu santo en la fuente bautismal, concédenos, te pedimos, que todos los que reciban la aspersión de esta agua queden renovados en el cuerpo y en el alma y te sirvan con limpieza de vida. Por Jesucristo nuestro señor.

—Amén.

El obispo aspergea por la ventanilla. Y luego le entrega la jarra a Cocorioco quien la llena y se la devuelve.

—Cuatro.

El obispo continúa con su perorata y aspergeando.

—Bendito seas, dios, padre nuestro, por este bunker, destinado por tu bondad a que viva en él esta familia. Haz que sus habitantes reciban los dones de tu espíritu y que el don de tu bendición se haga presente en ellos por su caridad, de manera que todos los que frecuenten este bunker encuentren siempre en él aquel amor y aquella paz que sólo tú puedes dar. Por Jesucristo nuestro señor.

—Amén.

—Tres —Cocorioco ve los dedos de Macho Viejo y se frota las manos, se lame los labios, denota cierta excitación, in crescendo.

—A ti, dios, padre omnipotente, humildemente dirigimos nuestras súplicas en favor de esta casa, de todos los que en ella moran y de todo cuanto hay en ella. Dígnate bendecirla, santificarla y enriquecerla con toda clase de bienes. Concede a sus moradores una copiosa bendición celestial, que de la riqueza de la tierra puedan sacar su subsistencia, y por tu misericordia les permitas llegar a la satisfacción de sus legítimos deseos.

—Dos —los dedos de la victoria.

—Señor, con ni entrada a esta casa, haz que entren juntamente la bendición y la santificación, como bendijiste las casas de Abraham, Isaac y Jacob. Los ángeles que te asistieron en los esplendores de tu gloria habiten aquí y protejan a todos sus moradores y visitantes. Por cristo nuestro señor.

—Amén

—¡Ahora! —dice con el pulgar hacia arriba mientras se levanta y en uno solo movimiento apercolla a la señora Zeta al mismo tiempo que Cocorioco le pone el brazo al obispo, inmovilizándolo.

—¡¿Qué es esto?! —Grita el señor Ye Zeta desde la cabina del helicóptero.

—Un asalto, ¿no lo ve?

—Tranquila, mamá. Tranquila —dice el señor Equis Ye Zeta, tratando de mantener la calma y el rumbo, aunque el corazón le late a mil y desee levantarse, estirar su brazo y abrir una gaveta y tomar la pistola y dispararles en el centro de la frente (no por algo fue campeón de tiro) pero eso sería perder el control y, sobre todo, poner en riesgo a su madre.

—¿Ustedes creen que esto es un bus de esos que asaltan sin ton ni son? —interviene el obispo—. ¿Creen que podrán lanzarse, y perderse en las calles, después del asalto?

—¿Te das cuenta lo que causas por andar en tu mariconada con marginales?

El obispo no atina qué hacer.

—Suelten a mi madre y haré todo lo que quieran. Y si no lo aceptan, estrello este aparato. ¡Si morimos todos, me vale verga!

Los ojos de la señora Zeta se expanden como platos no tanto por las posibles consecuencias del ultimátum sino por la palabra final de su hijo.

Macho Viejo parece sopesar la situación durante algunos segundos.

Afuera aparecen nubes negras que se desplazan rápidamente. Y en apenas un instante enormes e impetuosas ráfagas golpean el techo, las ventanas, del aparato, mientras el sonido de un trueno lo estremece todo.

—He ahí la furia de Dios —masculla el obispo—. Y, al mismo tiempo, su bendición.

Impresionado, Macho viejo afloja a la señora Zeta, pero se pone en guardia de inmediato y estira su navaja automática, toca el botón, y se la muestra.

—Mírela bien, señora: si intenta algo, la mando al infierno.

Macho Viejo repite la acción de apretar y estirar la navaja, dirigiéndose ahora al señor Ye Zeta.

—Si usted nos lleva adonde yo diga, no pasará nada. No me gusta estar aquí.

—Suelten también al obispo y los dejo en la puerta de sus casas.

—No tenemos casa.

—Ni una bicicleta tenemos.

—Les daré una bicicleta a cada uno, pero suéltenlo.

Cocorioco aprieta el botón de la navaja automática y pincha el cuello del obispo.

—Maricón de mierda, si me hubieras dado la bicicleta...

—¡Dios mío! —interrumpe la señora Zeta al ver la gota de sangre que mana del cuello del obispo— ¿Por una bicicleta hacen esto? Yo les daré una docena, si quieren.

—Ya no creemos en promesas.

—Suelten al obispo o dejo que el helicóptero se estrelle -dice el señor Equis, amagando con abandonar el asiento del piloto.

Los dos chicos lucen asustados. Macho Viejo le hace una seña a Cocorioco y este suelta al obispo. El Señor Equis vuelve a colocar bien su trasero, satisfecho.

—Me debes una bicicleta. No lo olvides, mama verga.

—Por dios santo: qué son esas palabrotas.

—No te voy a comprar ninguna bicicleta. Y mucho menos con este dinero que es para utilizarlo según los designios de Dios, no para financiar a delincuentes sus instrumentos de maldad —alza la voz el obispo y levanta su puño cerca de la cara de Cocorioco.

Cocorioco acciona el botón de la navaja, surge la hoja, y la hunde en el vientre del obispo. Luego la saca y vuelve a meterla una y otra vez en el mismo sitio.

—¡Dios mío! —Grita el obispo mientras se sujeta la herida con ambas manos en el intento de contener la sangre que empieza a fluir a borbotones-. Dios mío, Dios mío, Dios mío, no permitas que el diablo controle a estos chicos. ¡Protégenos, Señor!

—Llévenos a Monte Sinaí o mato a esta vieja —grita Macho Viejo, agarrando de nuevo a la señora Zeta.

Cocorioco avanza hacia la cabina, con su navaja desplegada mientras el señor Equis Ye Zeta pide calma y promete que los llevará donde piden.

Veinte minutos después, el señor Equis Ye Zeta intenta que el descenso sea perfecto. Sin su ansiolítico, es un atado de nervios, y el aparato hace tierra estrepitosamente.

El estruendo remece los intersticios de la escuela que permanece abandonada desde que empezó la cuarentena, hace ya tantos días, y que ahora sirve para refugio de los adictos de la zona que en este momento se esconden como ratas mientras sacan sus cuchillos y escopetas hechas en casa por si tienen que enfrentar a quien acaba de invadir su territorio.

De entre los hierros retorcidos del aparato, salen Cocorioco y Macho Viejo, ilesos, con las mochilas colgando de sus hombros.

Ambos contemplan el desastre: en el interior, el sacerdote es un despojo atravesado por una pieza de helicóptero justo allí donde termina la espalda.

De él mana tanta sangre que empieza a formar un charco del cual nace una serpiente roja que crece y crece hasta empezar a caer desde la altura del piso de aparato a la tierra.

Cocorioco emite un silbido y de inmediato salen de sus madrigueras una veintena de sujetos con trazas de zombis.

—¡Cocorioco!

—¡Habla Macho Viejo!

—Vean lo que pescamos —ofrece Cocorioco—. Hay para todos.

Cuando los muchachos se acercan, sigilosos, al aparato, encuentran:

Una mujer de setenta años que es despojada de su vestimenta y accesorios y arrastrada hasta un aula donde más de uno dará rienda a sus instintos.

Un hombre con toda la buena pinta de empresario que se arrastra fuera del aparato, con una herida en la cabeza.

—Quédate quieto, le dice uno de los zombis, dándole un empujón.

El señor Equis Ye Zeta cae tan mal que se golpea la cabeza, justo donde ya está herido.

—Bonita cachina —comparte—. Y empieza a desnudarlo.

—¡Qué reloj más reluciente! —dice el mismo—. Y lo despoja del Rolex de oro, comprado en Nueva York por treinta mil dólares. Lo más probable es que esta maravilla del consumismo burgués termine canjeada por unos pocos paquetes de Hache donde Cara de Gallo, el traficante del barrio.

En todo caso, al señor Equis Ye Zeta lo dejan tal cual vino al mundo. Igual que a su querida madrecita.

—Al cura no, que nos castiga dios —dice otro, con trazas de jefe de pandilla.

Y nadie lo despoja ni lo mancilla, excepto él mismo.

Cocorioco y Macho Viejo observan que otros han empezado a deshuesar el helicóptero.

Se miran, no necesitan palabras.

Habrá que esfumarse, no sea que a sus amigos se les ocurra averiguar qué hay en las mochilas.

Ya en la calle, llena de lodo, de charcos.

—¿Te puedo preguntar una cosa, Macho Viejo?

—Dime Cocorioco.

—¿Qué harás con tanto billete?

—Primero que nada, voy a comprar una bicicleta.

—¿Una bicicleta?

—Sí. Para mi mejor amigo, mi brother, mi yunta.

—¿Vas a regalarme una bicicleta?

—¿No es eso lo que siempre has querido? Hasta un cura te tiraste para que te la diera y el maricón no te cumplió.

Cocorioco lo abraza, largamente. Como nunca había abrazado a nadie.

Macho Viejo llora.

—Qué te pasa?

—Nunca nadie me había abrazado así.

Caminan otro tramo en silencio.

—¿Y tú qué harás con la plata, Cocorioco?

—Una casa para mi mamá. Y otra para invitar a mujeres. Muchas mujeres. Lindas. No solo para mí sino también para ti. Para que ellas nos amen.

Macho viejo vuelve a llorar.

Cocorioco lo abraza de nuevo.

—También voy a comprarle bicicletas a toda la gente del barrio. Desde el más chiquito hasta el más viejo. ¿Crees que me alcance?

—Te alcanzara, hermano. No sé contar, pero aquí hay harta plata. Tal vez millones.

El abrazo es tan estrecho, tan sentido, que ninguno se da cuenta de los muchachos que surgen de la oscuridad hasta que los inmovilizan.

Tanto Cocorioco como Macho Viejo oponen resistencia. Pero está escrito en alguna parte que ocho es más que dos, y que con una bala disparada a quemarropa y con un cuchillo en la garganta, cortando la yugular, no hay escape.

Y Cocorioco y Macho Viejo quedan ahí, tirados en la mitad del lodazal mientras sus mochilas inician un viaje en las bicicletas de otros adolescentes.

Son solo las seis en punto, pero ya está oscureciendo.

Y llovizna.

Y arrecia el viento.

Y el aire es más y más frío.

Tan intenso que entumece cada hueso del señor Equis Ye Zeta, allá en el patio de la unidad educativa donde despierta, en medio de ninguna parte.

El señor Equis Ye Zeta intenta darse un poco de calor con las manos mientras sus ojos echan un vistazo al entorno donde no hay nada que ver, excepto algo parecido al esqueleto de un helicóptero.

Y dentro, el cadáver de un gordo desnudo.

El señor Ye Zeta tirita.

Frota sus manos, las mejillas, la nuca, los labios, e intenta ponerse de pie, pero apenas puede moverse. Le tiemblan las piernas, se les entumecen aún más, y los ojos se le nublan.

"No, Equis: tú no puedes morir aún", se dice.

Y entonces hunde las manos en el suelo lodoso, a modo de palanca, y se medio incorpora. Y así: medio arrastrándose, medio a gatas, medio caminando (¡Qué doloroso es hacerlo sin zapatos!), con el lodo deformándose bajo sus pies y sonando chuas, chuas, enfila hacia la salida de la escuela.

En cuanto logra salir, la llovizna se transforma en enormes e impetuosas gotas que chocan contra la calle ya repleta de charcos, de lodo, de miseria.

Y es ahí que el Señor Equis Ye Zeta cae en cuenta de que está en uno de esos arrabales de la ciudad, donde las casas no son sino chozas con una que otra lucecita encendida y unas siluetas que intentan guarecerse de la lluvia que a él le cae sobre la cabeza y le baja por el cuello.

Y luego esa misma agua se suma al riachuelo que se precipita en busca de otros riachuelos que formarán, probablemente, un río de invierno que desembocará, como tantos otros, en el mar.

Pero esto al Señor Equis ni le va ni le viene. Mejor dicho, a esta altura de la historia, su vida se ha convertido en un túnel oblicuo por el cual avanza hacia la nada.

Y cuenta la leyenda urbana que anduvo días y noches vagabundeando por las calles de aquella ciudad que no había querido transitar ni dentro de sus autos de alta gama.

Y que, en un momento del cual nadie tiene la certeza, cayó fulminado, en la acera frente a la cual se alza uno de sus edificios.

Y no habiendo manera de saber su nombre, el señor Equis Ye Zeta, el exitoso empresario que tenía hasta su propia clínica en quinta y un mausoleo tan grande como diez casas de pobres, incluso con capilla para que diese la misa no un sacerdote cualquiera sino el miembro más alto del clero local, después de ser recogido y embalado en una bolsa para cadáveres que él mismo había negociado con sobreprecio, fue llevado a la morgue y abandonado allí.

Con los días, debido a que nadie lo reclama, y, sobre todo, a su estado de putrefacción, es etiquetado como NN y lanzado a una fosa común.

Pero en una historia de estas, nunca puede faltar el final feliz, eso sí.

Otro cadáver, rotulado también como NN, que los sanitarios lanzan displicentemente sobre la montaña de muertos y que luego se desliza hasta quedar junto al de Equis, en uno de los lados de la base, es, a todas señas, el de su madre, la señora Zeta de Ye.

AEIOU

Posteo en la red mi intención de fundar una iglesia y al poco rato alguien golpea mi puerta. En cuanto la abro un chico se lanza al piso de rodillas y junta las palmas de sus manos hacia mí.

—¡Maestro —implora—: no me deje fuera!

—¿Fuera de qué? —me desconcierto.

—De su iglesia, maestro. ¡Quiero ser su discípulo!

—¿Tú estás trastornado? —lo cuestiono mientras entrecierro mi puerta para atenderlo en la calle—. Lo que publiqué es una joda. Una tomadura de pelo.

—No me diga eso, maestro. Hace mucho tiempo leo todo lo que usted publica y sé que es el nuevo profeta.

—Pero si yo soy ateo, muchacho.

—Yo sé que eso solo es un ropaje, maestro, para despistar al maligno. Usted mismo me lo dijo.

—¿Yo te dije? ¿Cuándo, si es la primera vez que te veo?

—Usted se me apareció en un sueño, maestro, y me dijo: "Cristopher: vende todo y ven a verme", Y así lo hice. Mire:

Y Cristopher se quita de los hombros su mochila, corre el cierre y me muestra su contenido: ¡Billetes! ¡Billetes y más billetes!

En cuanto veo tal maravilla, mis ojos recorren la calle: casi nadie a esta hora del día.

—Levántate —le digo— que si alguien te ve de rodillas podría pensar que estás haciéndome otra cosa.

Y él se pone de pie mientras mi cerebro es un hervidero.

—Pasa —le señalo la entrada—. Conversemos adentro.

Ya en el interior, Cristopher lo observa todo con tal detenimiento y complacencia que estoy por preguntarle el motivo. Pero es él quien habla:

—Todo es exactamente igual que en mis sueños.

—¿Soñaste con mi casa?

—Toda su vida me fue revelada por usted mismo, maestro.

—Vaya —murmuro, sin saber qué decir.

—¿Y sus niños? ¿Dónde están?

Ahora sí que unas campanas repican con fuerza extrema en mi cerebro y escruto a Cristopher mientras me acerco a mi escritorio y abro la gaveta donde guardo una Beretta 92fs para el día en que decida que estoy de más o por si una situación como la que vivo ahora mismo esté por escapárseme de las manos. Tomo asiento y continúo mi escrutinio del flaco que tengo enfrente: desaliñado, el pelo largo y la barba de un par de meses, quizá más. Los ojos ni verdes ni azulados, como en las estampas o en las películas, sino enrojecidos, indicio de lo que ha fumado antes de venir. ¿Y la edad? Entre treinta y treinta y cinco. Mejor aún, treinta y tres años, para ser exactos.

—¿Y sus niños? ¿Lucas? ¿Adriano? ¿Sebastián? ¿Dónde están, maestro? —insiste.

Acaricio el arma dentro de la gaveta mientras respondo:

—De viaje. Muy lejos.

—Yo también tuve hijos, maestro —denota nostalgia—. Con Magdalena. ¿Conoció usted a Magdalena?

—Tengo muy mala memoria, Cristopher, Sobre todo en asuntos de mujeres. Nunca recuerdo a las que alguna vez fingieron ser mías, peor a las ajenas.

—Puede llamarme Cris, maestro. O, mejor aún: Cristo.

—Cristo —digo y no sé por qué lo repito—. Cristo.

—Dígame, maestro: ¿contará conmigo para la fundación de su iglesia?

Yo permanezco en silencio, sopesando cada detalle habido y por haber.

—Contaré contigo —le anuncio.

Él se acerca y deposita un par de fajos de billetes sobre el escritorio. Como si pretendiera ayudarme a tomar una decisión pronta y efectiva, vuelve a meter las manos en la mochila y saca el resto de fajos y los coloca frente a mí.

—Mi donativo, maestro.

—¿De dónde sacaste tanto dinero?

—Vendí unas tierras que me heredó mi abuelo, maestro.

—¿Has vendido tus tierras para buscar el cielo?

—Quiero estar a su diestra por toda la eternidad, maestro. Tanto en la tierra como en el cielo.

—No hay cielo ni infierno que no esté dentro de uno mismo, Cristo. Pero, por ahora, deja ese tipo de preguntas y seamos prácticos.

—Lo que usted diga, maestro.

Yo empujo la pistola hacia el fondo y cierro la gaveta.

—Si vamos a fundar una iglesia, empecemos ahora mismo.

—Lo primero será darle un nombre, ¿cierto? ¿Cómo va a llamarla, maestro?

La pregunta me agarra desprevenido. Sin embargo, sin saber por qué, digo lo primero que aprendí en la escuela:

—Aeiou.

—¿Aeiou?

Se lo deletreo:

—A-E-I-O-U

—¿Qué significa?

Se lo explico sin haberlo pensado jamás:

—Iglesia Atea del Éxtasis y del Orgasmo Universal.

—Pero la i no está bien ubicada, maestro.

—En esta iglesia, el orden será el caos —sentencio—. ¿Tienes algún problema con eso, Cristo?

—No, maestro: Usted es el profeta.

—¿Quién te dijo esa locura?

—Ya le dije que tuve un sueño, maestro.

—Sí, pero en el sueño, ¿quién te dijo?

—Dios mismo, maestro. Dios mismo.

—¿Y ese dios ignora que soy ateo?

—Dios lo sabe, pero lo ama, maestro.

—Definitivamente tu cabeza está llena de humo, Cristo.

—Créame, maestro: Dios ama a los ateos. Son sus hijos predilectos.

—¿En tus sueños te dijo por qué?

—Porque los ateos nunca piden nada.

—Tu locura hace agua por una razón fundamental: Dios no existe.

—Existe, maestro.

—En tus sueños, Cristo. Solo en tus sueños.

—Existe, maestro, pero está harto de existir. La gente pide mucho.

Lo miro durante un instante mientras pienso y repienso.

—Definitivamente estás loco. Pero tú tienes el dinero y eso te da la razón.

El rostro de Cristo se ilumina:

—¿Entonces me acepta como su discípulo?

—Serás mi apóstol —le digo—. Mejor que eso, Cristo: serás mi socio.

Y salimos.

A cazar almas.

LA CASA DE DIOS Y LOS NAVEGANTES ATEOS

Amanecí sin internet, un caso inmensamente grave si considero que justo hoy retomo una serie de conversaciones para poner a flote uno de mis proyectos.

Así que mientras Almendra se encarga de solucionar el lío, yo bajo de la casa, cruzo la calle, y me encamino por el parque y luego por uno de los costados de la iglesia hacia un cyber cercano.

Son quince arcos, semi destruidos por el terremoto, los que cruzo mientras siento sobre mi cabeza todo el peso de la iglesia cuarteada.

Como sea, cuando estoy por dejar atrás el último de los arcos, oigo una voz que me dice:

–Hijo.

Mi corazón está a punto de sufrir un paro, pero mi memoria lo impide ipso facto: por mucho que viva en mí, mi padre está muerto. Y los muertos no hablan. Así que me volteo con más calma en busca de quien habló.

Efectivamente, no es mi padre sino un sacerdote de cuarenta y tantos y ojos de cristo crucificado.

–¿Por qué me llamó Hijo?

Pongo mi mejor cara para casos así.

–No soy de su rebaño. De ninguno, mejor dicho.

–Precisamente de eso quería hablarte.

–Así que nos tuteamos. Dime, pues.

–Es su señal de wifi. Me perturba. Perturba a los vecinos de los cuatro costados de la casa de Dios.

Mi voz permanece en silencio, pero mi rostro evidencia, estoy seguro, la alegría que tal noticia me causa.

–Cada vez que utilizamos el wifi podemos ver que tenemos de vecina una señal llamada Navegantes ateos.

–Es mi señal.

–Cámbiele el nombre. No quiero que siga usted perturbando a mis feligreses.

—Lo haré en cuanto usted deje de dar misa a todo volumen en el parque. Oírlo hablar de un infierno en el cual no cree ni el tal papa de su iglesia, me perturba.

—Si promete cambiarle el nombre, le prometo rezar para que vuelva su señal ahora mismo y no tenga que ir al cyber.

Como es lógico, yo me quedo patidifuso.

—¿Cómo sabe que no tengo señal?

—Todas las señales, y los caminos, provienen de Dios.

—Internet es el verdadero hogar del que todo lo sabe. Y es, igual que su dios, obra del hombre —le hago un gesto de despedida y me marcho sin oír sus últimas palabras.

Dos horas después de navegar en un ciber café, retorno a casa. Y en cuanto entro, mi mujer me cuenta que, sin hacer nada, la señal había vuelto, dos horas antes.

PAPELES SIN VALOR

Cuando contesto por el interfono, alguien dice mi nombre y me pide que le abra la puerta.

La voz es inconfundible y me causa el mismo efecto que si una bola de grúa me golpease la cabeza.

Mientras incontables imágenes y fragmentos de diálogos se entrecruzan en lo que me queda de memoria, echo una ojeada a mi mujer y a mis hijos. Duermen, como casi la mayoría de la gente de esta porción del mundo donde falta algo así como una hora para que alumbre el sol.

Me visto y tomo un par de precauciones antes de bajar la escalera. Pregunto, entreabriendo apenas la puerta de madera:

—¿Estás con alguien?

—No —me responde la voz.

Salgo al espacio que hay entre la puerta de madera y la de hierro que da al portal y siento que otra bola de acero hace añicos lo poco que me pudiese quedar de cabeza: afuera no está la persona que esperé ver sino una totalmente diferente.

De otro sexo, incluso.

—¿Quién eres? —atino a balbucear mientras retrocedo un par de pasos.

—Soy yo —me responde—. Yo. Solo que tuve que transformarme para poder escapar.

Me cuesta decir cualquier cosa y, sin embargo, pregunto:

—¿Escapar de quién?

—De la ley. De la mafia. De ti. Sobre todo, de ti. Es una historia tan larga y escabrosa que solo podré contártela si me dejas entrar.

—No me interesa —lo corto—. Tengo mujer e hijos.

—Sebastián, Lucas y Adriano —confirma. Y es otro bolazo de grúa—. Y tu amada sapiosexual, Almendra.

—¡¿Cómo mierda sabes?!

—Lo escribes tú, mañana, tarde y noche —le oigo decir mientras observo con detenimiento su cuerpo, nada que ver con el que conocí hace tanto—. Tienes un perfil tan público que cualquiera podría ubicarte y hacerte daño si quisiera.

—¿Y tú vienes a eso?

—Mi cambio no solo es externo sino interior —afirma mientras me muestra un maletín—. Vine a saldar cuentas. Déjame entrar. Al menos para entregártelo y explicarte algunas cosas.

—Si entras estarías en mi domicilio —le aclaro mientras le dejo ver un arma que llevo entre mi ropa—. Y yo podría matarte y alegar que lo hice en defensa propia.

— ¿Así estamos?

Hay un silencio tan denso que podría ser cortado por un cuchillo de cocina.

—¿Qué te dolió más, Briones? ¿Que me haya fugado con nuestra mejor amiga —también tu amante, ya lo sé—, o que me llevase hasta tu último centavo?

Otro silencio, con más densidad aún.

—Será mejor que te vayas —le ruego mientras saco la Beretta.

—Este maletín es tuyo —señala. Y desaparece entre la penumbra de la calle, hacia el parque.

Un momento después, el ruido de una motocicleta acaba con más de un sueño profundo.

Es solo entonces que abro la puerta de rejas, doy un vistazo a lo largo de la calle, tomo el maletín, y entro.

Arriba, le dedico unos minutos a esa guillotina llamada pasado.

Es cuando ya se ha iniciado ese tiempo azul que precede a la salida del sol que tomo el maletín y me voy al balcón.

Me siento en una de las sillas, lo abro, saco un paquete, le rompo la faja de seguridad de un banco que ya no existe y empiezo a lanzar los billetes justo cuando la corriente de aire que viene del suroeste golpea mi rostro.

Cumplo la acción infinidad de veces hasta inundar el cielo de lo que muchos despistados, probablemente medio dormidos aún, confundirán con una bandada de pequeñas gaviotas.

Y solo cuando evolucionen hacia el suelo la gente tendrá acceso a los miles de billetes de altísima denominación que un feriado bancario transformó en papeles sin valor.

EL ANCIANO DE LA SILLA DE RUEDAS

A Hermógenes Ecuador, mi padre.

Espero no sé qué, recostado en una de las jambas de la puerta de un cuarto donde yace mi padre, cuando veo a una mujer que empuja una silla de ruedas dentro de la cual viene un anciano que desde lejos me grita:

—¡Vengo por ti, Briones!

Yo me quedo estupefacto pues no entiendo cómo alguien sabe mi apellido acá, tan lejos de casa.

—¡Vengo a salvarte en el nombre del señor!

Ahora sí que suelto una carcajada tan estruendosa que más de un caminante se permite recriminarme:

—¡Silencio!

Y una mujer:

—Reír en un hospital, ¿dónde se ha visto?

Y una enfermera:

—Ya lo decía yo: el hijo de don Briones está medio loco.

Apenas les presto atención, concentrado en sostener la mirada de la mujer que empuja la silla y que denota algo que no atino a descifrar, mientras el anciano agita una biblia y me dice:

—Mi señor hará el milagro que estás esperando.

Como es lógico, la risa me ataca de nuevo. Pero la suavizo, ahora sí.

—Y si no estás esperando, ¿qué es lo que haces ahí, mirando con tanta desesperación que alguien venga y sane a tu padre?

—Si esperase a alguien, no sería a ningún farsante.

—Esa operación que le harán, apenas amanezca, será inútil, Briones. Solo tiene el diez por ciento de probabilidades de salir vivo del quirófano.

—¿Cómo sabes eso? —grito, con un desconcierto demasiado evidente al recordar que es el porcentaje que le dan los médicos —¿Quién carajos eres?

—Un instrumento del señor —argumenta—. Es él, no yo, quien va a sanar a tu padre para salvar tu alma.

No puedo dejar de reír. Pero, lo admito, mi risa esta vez es muy nerviosa.

Él se da cuenta de mi situación.

La mujer continúa empujando. Antes de ingresar a una habitación, se detiene y gira la silla de modo que el anciano pueda mirarme de frente.

—Esta noche tu ateísmo se va a ir al demonio. Terminarás creyendo en Dios y en su obra maravillosa —me anuncia—. Espera y verás.

La mujer vuelve a girar la silla y cruza la puerta. Desaparecen, desde mi punto de vista.

Yo no atino qué pensar. Después de un momento de desconcierto miro hacia el interior del cuarto de mi padre.

Él duerme la que podría ser su última noche.

Cuando mi padre abre los ojos yo estoy, sentado en el borde de la cama de hospital, pensando en el anciano de la silla de ruedas, en cómo es que sabe mi nombre, y, sobre todo, cómo está al tanto de mi ateísmo.

—¿Cómo está, papá?

Mi pregunta es tan pendeja que no merece su respuesta.

—¿Llamaste a Teresa?

No atino qué decirle.

—Tienes que llamar a tu madre —insiste—. Quizás quiera despedirse.

Hace una pausa y cambia de tono:

—O enviar algún recado al otro lado.

—No existe ningún otro lado, papá —le digo—. Aquí acaba todo.

—Hay que morir para saberlo.

Se queja levemente, pero es obvio que el dolor empieza a ser insoportable.

—Llama —ordena o suplica, no lo entiendo bien—. Y de paso, dile a la enfermera que venga a inyectarme. No quiero pasarme grita y grita toda mi última noche.

Le aprieto la mano, le doy un beso en la frente, y salgo de allí con la idea de cumplir esta vez su petición y contarle a mi familia que los médicos no dan esperanza de que salga vivo de la operación que le harán cuando amanezca.

Camino por el pasillo y, al cruzar frente a la puerta de nefrología, miro al interior y veo al anciano de la silla de ruedas, conectado a una máquina de diálisis, de espaldas a la puerta. Y, sin embargo, levanta su mano libre en un gesto de saludo como si pudiese verme.

Paso por la estación de enfermería, pero me niego a gastar palabras inútilmente: les importa un bledo el dolor de los pacientes, así que no van a inyectar a mi padre hasta que le toque la hora prescrita. Y para eso le falta bastante sufrimiento.

Salgo del hospital y me dirijo al bazar donde alquilan teléfono.

Llamo a casa, a cientos de kilómetros de distancia, y le confieso a quien me contesta que les he ocultado la gravedad de mi padre y que, probablemente esta es su última noche.

—Quiere verlos. Sobre todo, a mi madre —le digo. Y cuelgo antes de que el llanto que oigo al otro lado de la línea me contagie.

Deambulo un buen tiempo mientras infinidad de imágenes se entrecruzan en mi memoria. Lloro. Como nunca en mis treinta años de vida. No me importa la gente que me mira en las calles, y luego en los pasillos del hospital, pero no quiero que mi padre me vea así, de modo que me tomo un tiempo largo antes de llegar frente a su cuarto.

La puerta está cerrada. Algo muy extraño para alguien que nunca ha tolerado el menor encierro. Alguien de casa con puertas abiertas.

Así que giro pronto el pomo de la cerradura. Lo que veo me deja como si hubiese recibido un martillazo en el cerebro.

Mi padre —que no ha podido moverse en todo el mes que llevamos aquí— está fuera de la cama, de rodillas, con las manos en oración.

Igual está el anciano de la silla de ruedas.

No puedo procesar lo que veo. Mucho menos cuando una voz retumba en mi cabeza.

—¡Sal de aquí, demonio! Si quieres vivo a tu padre, ¡Sal!

Es la voz del anciano, aunque él no ha abierto la boca. Sin saber bien por qué, salgo, cierro, y vuelvo a abrir de inmediato.

Y es entonces que mi cerebro se hace trizas: Mi padre se pone de pie, como si nunca hubiese estado listo para el quirófano. Peor aún para el sepelio.

El anciano le dice algo que no logro entender.

De la nada surge la mujer, empujando la silla de ruedas. El anciano sube a ella y cruza la puerta después de encararme.

—Dime ahora que no crees en la obra de Dios.

Apenas sí le presto atención. Corro hacia mi padre e intento sostenerlo por si se cae, como debería ocurrir. Pero él me aparta.

—Estoy bien —me informa—. Mejor que nunca.

Y empieza a ejercitar los brazos y las piernas, como si fuese joven. Más certero todavía: como un karateca.

—Guarda todo —me ordena, sin dejar el ejercicio—, que nos vamos.

—¿Y la operación? —balbuceo—. Tanto que costó esperar para que se la hagan.

—¿Crees que necesito que estos médicos de pacotilla me rajen? ¡Mírame!

Deja las katas y empieza a fintear, dándole puños a un rival imaginario.

Se detiene cuando lo noquea de un jab en la mandíbula, igual que en sus mejores tiempos.

Mi cerebro es un caos.

Voy y tomo un maletín que abro para sacar de él otros maletines. Todos vacíos. Son demasiadas cosas las que habrá que guardar, después de estar todo un mes en este hospital. Demasiadas cosas. Se lo digo:

—Si nos vamos, contra la voluntad del hospital, dejemos todo esto tirado aquí.

Mi padre ni siquiera lo piensa.

—Todo menos esto —dice, mostrándome una biblia que antes no tenía.

—¿Y eso?

—Tengo que leer, durante cuarenta días, algunos —hace una pausa buscando la palabra— versículos que me dejó de tarea el hermano Pedro.

—¿El hermano Pedro? ¿Así se llama el anciano?

El rostro de mi padre denota sorpresa.

—¿Lo envías para que me sane y no sabes su nombre?

—¿Él le dijo que yo lo había enviado?

—Que tú lo habías invocado.

—No se mueva de aquí hasta que yo vuelva —le pido. Y salgo de inmediato.

Cuando entro al cuarto del anciano, él ya está esperándome.

—Cierra la puerta.

Lo hago mientras lo miro en un intento de desentrañarlo. Me parece un poco más viejo que cuando lo vi llegar, hace apenas una hora.

—Sanar a tu padre, lo agotó —informa la mujer.

La miro: no debe tener más de veinticinco.

—Cumplirá veintitrés cuando tú cumplas treinta. ¿Cuántos días es que faltan?

—Trece, papá —le responde. Y a mí—: También soy escorpión.

Me quedo en blanco. Desconcertarme más es imposible.

—Bien. A lo que has venido.

Yo no respondo. Más aún, continúo intentando no pensar.

—Entiendo tu desconcierto: has visto la obra de Dios.

—No es de dios —lo refuto—. Es de ti de dónde emana ese poder que ha curado a mi padre. Él me dijo que le hiciste una imposición de manos.

—Nunca te dijo eso.

—No lo dijo, pero lo intuyo.

—¿Qué más intuyes?

—Que eres un hombre que aprendió a dominar su mente y la de los demás.

—"Quien domina la mente, lo domina todo" —dice, en tono burlón—. Creo que has leído demasiado esa revista llamada Kaliman.

—No hay otra respuesta racional.

—¿En vez de buscar "respuestas racionales" no sería más fácil que tuvieses un poco de fe? ¿Es tan difícil creer que Dios existe? ¿Que es él quien me envío aquí para sanar a tu padre y para que no cometas esa estupidez que piensas hacer cuando cumplas treinta?

Ahora sí me quedo sin respiración.

—¿Cuántas veces Dios ha salvado tu vida? ¡Trece veces! Y es porque Dios tiene un plan para ti. Un plan que aún no empieza.

Decido escapar.

—Mi padre quiere irse a casa.

—Debes llevarlo —acepta—. Él ya está sano. Si lo cuidas, vivirá años. Casi los que tú has desperdiciado hasta ahora.

—Seas lo que seas —le digo mientras le apreto la mano—, Seas quien seas: gracias por salvar a mi padre. Gracias por siempre.

Me despido de la mujer y salgo de allí.

A través de una ventana descubro que amanece y es como si me dieran otro martillazo en el cerebro: hace apenas unos minutos que entré a la habitación del anciano y no eran ni las nueve de la noche.

Parezco un zombi cuando abro la puerta del cuarto donde dejé a mi padre. Ni bien me ve, viene hasta mí, impecablemente vestido, rasurado, y oliendo como en sus mejores tiempos.

—¿Dónde te perdiste toda la noche?

Caigo en cuenta que la habitación está llena de enfermeras, incluso, de algunos enfermos.

—Esto es un milagro —sostiene alguien.

Y otra, antes siempre tan mal encarada:

—Estaba más muerto que vivo y mírenlo ahora.

A pesar de lo que había dicho antes, mi padre ha llenado un par de maletines. Los tomo y le digo:

—Vamos, papá, o terminaré loco.

—Usted no puede llevárselo —advierte una de las enfermeras—. Hay programada una operación. ¿Qué vamos a decirles a los doctores?

Estoy a punto de soltar una estupidez, pero me callo a tiempo. Es mi padre quien dice una parecida:

—Dígales que Dios me hizo el milagro.

Tomo de la mano a mi padre para ayudarlo a salir, pero él me la rechaza enseguida, se arregla el cuello de la camisa y sale, delante de mí.

En el pasillo, veo gente que corre en ambos sentidos. Confluyen en la que fue habitación de mi padre.

Al pasar frente a la del Hermano Pedro, miro hacia el interior: No hay nadie: ni él, ni la silla, ni la hija.

Veo a una enfermera y le pregunto:

—¿Y el enfermo que estaba aquí anoche?

—Aquí no hemos recibido a nadie.

—Anoche ingresó un anciano. Un tal Pedro.

—Ya le dije que nadie —me responde al mismo tiempo que repara en mi padre—. Mejor cuénteme qué pasó.

Yo no le respondo.

Detrás, la gente que había ingresado al cuarto donde estaba mi padre, sale atolondrada. Algunos gritan “Milagro”. Y corren hacia nosotros.

Apenas si tenemos tiempo de entrar en el ascensor, cerrar, y escapar de aquel piso. De locos.

En cuanto puedo, le pregunto:

—¿Papá, usted anoche me mostró una biblia?

Mi padre se detiene, abre uno de los maletines, saca la biblia, me la entrega.

—Claro. La que me regaló el hermano. Ya tú lo sabes.

Si no fuese ateo desde los trece —y si no tuviese el suficiente conocimiento para entender que todo tiene una explicación científica— capaz que hubiese creído (entonces y ahora, treinta y tantos años después) que aquella muestra del dominio mental del hermano Pedro —o del mío mismo— fue uno de esos sucesos que alguna gente suele calificar a priori como un hecho milagroso

¿POR QUÉ A MÍ?

Acepto desde ya que no me hice a tiempo un simple examen de sangre y orina, ni presté atención a los síntomas que aparecieron luego: esa imposibilidad de orinar bien y ese dolor leve que, poco a poco, se me fue haciendo insoportable y que, más tarde, cuando por fin acudí al médico, me diagnosticarían como consecuencia de una serie de obstrucciones que había derivado en una hidronefrosis bilateral. Y que, con el pasar del tiempo, una infección agravaría mucho más. Tanto que otro médico me dijo sin ambages: "Tienes insuficiencia renal. Tus riñones no sirven".

Apenas oí aquellas palabras, el fin de mis días cruzó por mi mente. Y enseguida, no tuve cabeza para otra cosa que no fuera para el desfile de fragmentos de mi vida mientras la rabia, la frustración, la ansiedad, la depresión, me hacían preguntarme ¿Por qué a mí? A mí que tenía un excelente trabajo, una linda familia, amigos maravillosos. A mí que tenía un futuro promisorio.

El médico, como si adivinara mis pensamientos, me dijo que la insuficiencia renal es una patología que tiene diversas causas, que algunas son asintomáticas, pero otras, como en mi caso, presentan síntomas, y que, de cualquier forma, es muy importante la prevención. "Un análisis de sangre y de orina a tiempo, casi siempre hace la diferencia".

Hoy aquellas palabras siguen en mi memoria como si las escuchase ahora mismo. Oigo al doctor, explicándome: "Los riñones son dos órganos gemelos que cumplen funciones vitales. Entre otras, y en lenguaje simple, limpian la sangre de toxinas y otras sustancias que se acumulan en el organismo.

Esto, cuando la función renal es óptima, se hace a través de la orina. Pero tus riñones están tan mal que habrá que hacer diálisis lo más pronto posible".

–¿Diálisis? –me oigo preguntarle, impactado.

—Sí —confirma el doctor—. Di-á-li-sis.

Y mi impacto por esa palabra logra que el doctor continúe:

—Hay muchos tabúes alrededor de la diálisis, pero solo con ella podrás llevar una vida normal. O, por lo menos, como la que tienes ahora. Sin diálisis, te mueres. Perdón por la sinceridad, pero te mueres.

—Yo he oído casos dramáticos —acepto, entre la angustia y el temor.

—De drama la diálisis no tiene nada. Dramático era cuando la diálisis no existía y la gente se moría. Así que tranquilo, que no es el fin de mundo, sino el principio de una nueva vida.

Como sea, en muy poco tiempo, ya están colocándome una fístula en mi brazo izquierdo para unir una vena con una arteria, y así, crear un acceso que permita que mi sangre fluya a través de un filtro especial que elimina los desechos, la sal, y los líquidos innecesarios. Todo esto para que mi sangre filtrada regrese luego a mi cuerpo y mi presión arterial y las sustancias químicas, como el potasio y el sodio, se equilibren adecuadamente.

Dicho así, todo parece demasiado fácil. Y la verdad es que la diálisis te lo trastoca todo, el trabajo, lo cotidiano, el amor. Ahora mismo, por ejemplo, es feriado, casi todo el mundo se ha ido de playa, pero yo voy rumbo a mi diálisis número trece, al hospital de siempre, la sala de siempre, la máquina de casi siempre.

Cuando entro, también hago lo de siempre: saludo a quien me saluda, ignoro a quien me ignora. Luego tengo que pesarme, calcular cuánto líquido debo eliminar, limpiar mi brazo, y sentarme en este sillón para que me conecten a "mi" máquina.

En los otros sillones están los mismos compañeros de infortunio de siempre, excepto en uno, el más cercano, que luce vacío.

—Lo llamaron a la medianoche —me cuenta el tecnólogo que me conecta a la máquina—. Consiguió un donante y la operación fue un éxito.

—Qué bueno —le digo—. De verdad me alegro. Por fin, dejará de sufrir este calvario.

—Un calvario que les permite, a todos ustedes, seguir viviendo.

Y tiene toda la razón del mundo el tecnólogo, pero hoy no ando con tan buen genio como para aceptárselo.

—¿Cuánto se va a quitar?

—Dos kilos y doscientos gramos.

—Perfecto —dice, con la alegría de alguien que se sabe sano, como yo alguna vez—. Qué tenga un hermoso día.

Yo fijo mi atención en los tubos que me atan a esta máquina que empieza a filtrar las toxinas y a quitarme el exceso de líquido que tiene mi organismo.

Mientras purifico mi sangre, y las enfermeras y los tecnólogos van y vienen, los recuerdos regresan. También yo estoy ya en la lista de espera para un trasplante. Es tan larga la lista y tan pocos los donantes que pasarán meses o años antes de que me llamen del hospital. Desde luego, si es que no muero antes.

Si yo tuviera un mejor trabajo, o dinero ahorrado, hasta intentaría comprar un riñón en el mercado negro. Uno de esos que ofertan mediante anuncios pegados en las paredes y en las columnas de los hospitales, en las universidades y en las farmacias, en los medios impresos y, sobre todo, a través de internet. Ayer mismo vi en Facebook un cartel que decía "Vendo riñón ORH+". No voy a negar que indagué. Me dijeron que era de un joven atleta esmeraldeño y me pidieron, nada más y nada menos, que cincuenta mil dólares. De modo que, por ahora, comprarlo es como un sueño inalcanzable.

Tres horas de diálisis después veo al tecnólogo que sale de prisa y se dirige hacia una mujer que acaba de llegar y que a duras penas entreveo desde la posición en que estoy.

Unos minutos más tarde, el tecnólogo regresa y se pone a cebar la máquina que está a mi lado, vacía porque quien la utilizaba, desde anoche ya goza de riñón nuevo.

Y entonces llega ella: la mujer que antes entreví. Está tan estupendamente vestida, con un aspecto tan saludable que enseguida me pregunto qué hace aquí.

—Buen día, amigo —saluda—. Parece que seremos vecinos.

—No me diga que usted se hará diálisis.

—Claro. Por qué no, si soy un ser humano.

—Es que no parece estar enferma —le digo, observándola en detalle mientras ella se acomoda en el sillón.

—No por estar enfermos debemos parecerlo.

—Pero usted se ve tan vital —protesto.

—Esto es ahora —explica, mientras el tecnólogo le pincha el brazo—. Cuando recién empecé y supe que esto sería una enfermedad crónica, para toda la vida, me desmoroné, perdí mi autoestima. Pero después entendí que todo está en la mente. Que nuestra actitud ante la enfermedad cambia las cosas. La autoestima alta ayuda a curar, la baja es un caldo de cultivo para empeorar el cuadro clínico.

—Usted habla como si fuera médica o sicóloga.

—Solo soy una mujer que aceptó su enfermedad y aprendió a vivir con ella. Que cada día, al levantarse piensa: "Estoy viva y voy a seguir adelante".

—Eso es imposible cuando uno tiene que vivir atado a una máquina.

—Lo único que digo es que toda enfermedad crónica se puede vivir de dos maneras: con pesimismo y mal humor, amargándose y amargando a los demás. O de manera positiva y disfrutando los detalles, poniéndole color y alegría a la vida.

Eso del color y la alegría se le nota sin mayor esfuerzo: por su vestido, sus pulseras, sus aretes, e incluso su maquillaje, parece un papagayo.

Ella saca su portátil, su celular, y unos auriculares.

—Tengo que seguir trabajando.

—¿Y en qué trabaja?

—Soy escritora.

—Usted es una mujer de suerte.

Ella abandona los auriculares que estaba a punto de colocarse, me mira fijamente mientras parece pensar, o recordar, y luego me dice.

—¿A los cuántos años le diagnosticaron su insuficiencia renal crónica? Mejor dicho, ¿desde cuándo se hace diálisis?

—Hace muy poco —le cuento—. Es mi diálisis número trece.

—Pues yo tuve la suerte de sufrirla desde los trece años —confiesa—. Trece años.

—Disculpe —me siento culpable. No sé de qué—. No sabía.

—Le contaré, a ver si le sirve de algo —anuncia mientras cierra su portátil y se reacomoda para contarme que la insuficiencia renal crónica la sorprendió cuando solo tenía trece años y que, a fuerza de medicinas, de biopsias renales, y de una dieta estricta, pudo sobrevivir casi un año hasta que empezaron a dializarla.

—Al principio, yo no entendía bien de que se trataba. Me decían que era una depuración de la sangre y que la máquina realizaba lo que mis riñones no podían. Con el tiempo fui entendiendo. Y también con el tiempo fui padeciendo los trastornos físicos y sicológicos que se presentaron: fístulas que no funcionaban, taponamientos cardíacos, vómitos constantes, picos altísimos de presión arterial, embolia de pulmón y una anemia que sólo me permitía dar dos o tres pasos.

Pero, aparte del excelente trabajo de los médicos, mi familia tenía fe y me rodeaba de amor y esperanza. Cinco años estuve así. Asistiendo tres veces por semana a la clínica, pasando cuatro horas cada día atada a la máquina. Pero, finalmente, a los diecinueve, me hicieron el primer trasplante.

—¿El primer trasplante? —me sorprendo—. ¿Cuántos le han hecho?

—Dos —confirma—. Con el primero, no seguí a rajatabla las instrucciones médicas. No controlé ni la dieta ni los líquidos. Ni siquiera hice los ejercicios que me mandaron y que eran tan importantes para mi cuerpo y mi mente. Al contrario, llevé una vida que podría catalogarse como disipada. Y a los tres años tuve que repetir el ciclo: un tiempo de diálisis y luego otro trasplante.

—¿Y usted tiene una fábrica de riñones, o qué?

—El primero me lo donó mi padre. El otro, mi hermana. Gracias a la sabiduría y experiencia de los médicos todo salió perfecto y he podido disfrutar durante quince años de una mejor calidad de vida, sin las restricciones de tiempo que, entre otros grandes desgastes, me imponía la diálisis.

—¿Quince años?

—Quince. Ahora tengo treinta y siete —acepta—. Hace un mes volvieron los vómitos, el cansancio, la falta de apetito, las náuseas, la picazón del cuerpo, el sueño, y todos esos síntomas que nos produce la intoxicación de la sangre. El daño renal es irreversible.

Y ese es el motivo por el que estoy aquí, de nuevo.

—No veo motivo para que esté tan alegre.

—Continuar viva es motivo suficiente. Y lo estaré gracias a la diálisis.

Vuelve a acomodarse, lentamente, nada brusca.

—Mire: Yo sé que hay muchos tabúes sobre la diálisis. Pero esto es un tratamiento que garantiza una mejor calidad de vida. Y yo puedo confirmarlo. Créame que una puede llegar a sentirse con un estado de ánimo impecable.

—Permítame contrariarla, pero yo no he podido hacerme cargo de mi vida desde que sé lo que tengo.

Podrá llevar una vida normal desde el momento en que acepte que la diálisis no es una larga agonía, sino una oportunidad de vivir Que usted, igual que todos los que estamos en esta sala, somos afortunados.

—¿Afortunados? —me exalto, casi—. Usted está malita de la cabeza, o qué.

—Escúcheme y no se altere que puede hacerle daño: usted y yo tenemos la gran fortuna de vivir en una época en la que la tecnología alcanzó un desarrollo tal que este tratamiento no sólo es posible, sino que, a diferencia de sus inicios, la mayoría de las funciones de las máquinas están automatizadas y prácticamente no hay efectos secundarios luego de cada sesión, más allá de cansancio o, eventualmente, hipotensiones o mareos. Antes, era mucho más cruento.

Estoy por decir no sé qué cosa, pero me callo ante la presencia de una enfermera que viene a tomarme la tensión arterial, la temperatura, el pulso. Lo miro todo con atención. Finalmente termina y al ver mi ansiedad por saber me dice:

—Todo está muy bien. Dentro de unos minutos, terminará su diálisis. Una recomendación que ya le he hecho antes: tenga cuidado cuando se levante: hágalo muy despacio o se le bajará la presión y acabará mareado. Y no se me olvide que antes de irse deberá pesarse de nuevo para controlar el líquido perdido y para que, en las próximas sesiones, el nefrólogo pueda valorar su peso ideal.

—Así lo haré —le aseguro. Y empiezo a sentirme aliviado, libre, sin saber bien de qué.

Efectivamente, en unos minutos más vuelve la enfermera, acompañada del tecnólogo y me retiran las agujas, presionándome la zona de punción durante unos minutos que se me hacen eternos, hasta que dejo de sangrar. De inmediato me cubren con un apósito.

Me levanto lentamente, casi como si fuera un inválido. En realidad, exagero. Lo cierto es que me siento bastante bien. Voy y me peso. He bajado lo necesario. Estoy por irme, pero vuelvo la mirada a la mujer de los dos trasplantes y luego me le acerco.

—Gracias por tus palabras —la tuteo. Y le doy una palmadita.

Ella busca mi mano. Me la sujeta. Siento su calidez.

—Creo que vamos a vernos seguido.

—Yo también lo creo —sonrío.

—Vaya, has tenido una linda sonrisa.

Esta vez sonrío ampliamente.

—¿Cuándo te toca de nuevo?

—El martes.

—A mí el miércoles. Intentaré que me cambien a los días en que te toca —me sorprendo cuando oigo mis palabras.

Ella sonríe y me aconseja:

—No olvides de llevar una dieta hipo proteica. Que nuestro principal enemigo es el líquido. No quiero que te enfermes del corazón.

El corazón es precisamente lo que siento que se me acelera ahora. Así que suelto su mano, le sonrío agradecido, y me marcho.

Cuando salgo del hospital es como si abriera los ojos de repente: toda esa sensación rara de malestar e incertidumbre ha desaparecido. Me siento como en aquellos viejos tiempos donde el despertar era placentero y el apetito por vivir estaba intacto. Una oleada de frescura y alegría invade mi organismo.

Me siento tan bien que me entran unas ganas inmensas de darme una escapada a la playa. De sentarme en la arena y mirar el mar.

El mar.

¡Cuántas ganas tengo de mirar el mar!

Tantas que cruzo la calle felizmente atolondrado, sin darme cuenta del camión de cervezas que viene tan raudo que apenas lo vislumbro cuando ya es tarde y me ha enviado a volar.

ALGUIEN TE MIRA DESDE ARRIBA

Lucas está en esa edad en que se cree el centro del universo y que todo lo que desea se lo tenemos que cumplir de inmediato, exactamente como le gusta. Y si no, debemos atenernos a las consecuencias, mejor dicho, a sus pataletas, las últimas con un giro suicida: lanzarse de espaldas para que su cabeza se estrelle en el piso.

Les cuento en presente lo que pasó: Sebastián se fue al colegio. Y como casi siempre que él no está, Almendra y yo andamos como dice la mitología cristiana que estaban Adán y Eva en el Edén. Ella lee La serpiente emplumada mientras yo escribo una biografía por encargo y Lucas juega en un rincón. O sea, todo casi perfecto.

De banda sonora tenemos los balbuceos de Lucas mezclados con el ruido de la lavadora donde Almendra ha metido, unos minutos antes de leer a David Herbert Lawrence, las cortinas de la sala.

La historia que escribo por encargo me aburre. Así que me levanto, juego y besuqueo a Lucas un par de minutos largos y luego voy hacia el mueble donde Almendra intenta descubrir las profundidades de México visto desde fuera. Ya antes leyó Bajo el volcán, de Lowry.

Verla desnuda y con un libro me excita tanto que empiezo a meterle mano. Y lengua luego. Ella prefiere la realidad antes que la ficción, así que la novela cae por el piso. Pero antes del asalto final, se incorpora bruscamente y mira hacia la ventana sin cortinas.

Ahí, arriba, en la terraza del edificio de enfrente, está el hombre que continuamente fisgonea hacia acá, como a la espera de algo. Quizás la repetición de lo que pudo haber visto alguna medianoche, o madrugada, en el balcón.

Para entonces, Lucas ha dejado los juguetes y nos observa, yendo de uno a otro, como si también esperase algo.

Yo arrastro el mueble un poco hacia el interior, de modo que el que mira desde la terraza se quede sin visión. Retorno a los escarceos mientras los ojos de Lucas siguen de mamá a papá sucesivamente.

Le sonrío, le digo su nombre, le lanzo un beso, y él empieza a gatear.

Cuando la cosa está que arde, Almendra lo menciona y yo le digo "Tranquila, que le tengo puesto un ojo. Uno a él y el otro a ti." Y tan cierto es que mientras nos besuqueamos alcanzo a ver que cruza la sala en dirección a nuestro cuarto.

Y así estamos.

Hasta que el estruendo de una puerta que se cierra de golpe nos corta todo y gritamos al unísono: "¡Lucas!" al mismo tiempo que nos desprendemos y corremos hacia el cuarto.

Pero la puerta está cerrada. Y Lucas empieza a llorar, casi tan estruendosamente como aquel día que llegó a este mundo y se enteró de la familia que le tocaba.

—Dame las llaves.

—Están adentro —responde Almendra, angustiada.

—¿Y ahora cómo carajos, abrimos?

Como si nos escuchara, o nos entendiera, Lucas incrementa los decibeles de su llanto.

—Llama a los bomberos.

—El teléfono está adentro —balbucea Almendra, con la angustia in crescendo.

—Vístete — le digo, mientras recojo mi pantalón de la silla en que me siento a escribir y empiezo a ponérmelo—. Iré a buscar ayuda.

—Mi ropa está adentro.

—¡Mierda! —grito. Y me apresto a tumbar la puerta, aunque sé que de tan dura no se moverá ni un milímetro.

—Lucas está ahí detrás —llora, ya abiertamente—. Lucas terminará partiéndose la cabeza. Y no podré ayudarlo. Y va a desangrase hasta morir.

Lo bueno es que en medio del llanto se le prende el foco y corre a escribir en la laptop.

—Le diré a Verito que llame a los bomberos.

—Excelente— le digo. Y es que siempre he tenido a los bomberos —de Manta, al menos— como la única institución de ayuda que está presta y llega, sobre todo, a tiempo.

—Ya me respondió Verito —dice Almendra—. Llamó y vendrán enseguida.

—Entonces vístete —le digo, mientras me regreso a la puerta del cuarto a decirle a Lucas que se tranquilice, que lo sacaremos enseguida.

Pero Lucas no entiende razones. Por el contrario, su desesperación y llanto aumentan.

—Va a terminar lanzándose de espaldas y partiéndose la cabeza —repite Almendra y reinicia el llanto—. Y los bomberos necesitan que les dé mi número para comprobar que existe una emergencia.

—Qué hijos de puta —maldigo, al mismo tiempo que voy hacia el balcón.

Allí miro la ventana del cuarto donde está atrapado Lucas.

Apenas dos metros y medio separan una de otro. Pero no hay cornisa ni nada que se le parezca. Hasta el hombre araña tendría dificultades y sin embargo empiezo a hacer cálculos. Lo peor que podría pasar es que caiga sobre la calle, y me remate algún vehículo que pase raudo.

Cierro los ojos y pienso en mi padre muerto y en todo lo que él haría por mí. Cuando los abro, ya estoy decidido.

Levanto una pierna en escuadra, con dificultad pues ya no tengo veinte años, pero la bajo enseguida ya que en ese momento cruza la calle el hombre que siempre está mirándonos desde el edificio de enfrente.

Trae una escalera telescópica, de esas que dentro de si contienen a otra.

Antes de que pueda decírselo a Almendra, ya el hombre está poniendo la escalera contra la pared del edificio.

Yo paso rápido del balcón a la sala.

Mientras salgo del departamento, oigo que Almendra dice que los bomberos vendrán en un par de minutos

—Sostenga la escalera —me pide el hombre de la terraza, apenas aparezco en la calle.

Y antes de que yo pueda decir "deje, que yo lo hago", el hombre está subiendo con una agilidad que yo ya no tengo.

Cuando levanta uno de los cuadrantes de la ventana e ingresa al cuarto, a lo lejos empieza a sonar in crescendo la sirena de los bomberos.

Y es entonces que un recuerdo me ataca y dejo de sostener la escalera para correr hacia el departamento. Pero al entrar respiro mejor pues veo que Almendra ha encontrado algo con que cubrir la desnudez.

El hombre de la terraza, abre la puerta del cuarto y madre e hijo se reencuentran en medio del llanto.

Cuando los bomberos llegan, ya el hombre de la terraza ha recogido su escalera y se ha marchado, sin aceptar los billetes que le ofrecía.

Y yo me he quedado pensando que, de vez en cuando, está bien que alguien te mire desde arriba.

BROSTHEDTS

Ni bien amanece tengo que salir de casa. Urgente. Lucas ha acabado, entre sábado y domingo, un tarro de Enfagrow. No hay reservas. Si Lucas despierta y no están listas sus ocho onzas –apenas hay para tres o cuatro– armará un berrinche de esos que es mejor no imaginar, ni compartir.

La zona de farmacias, en la calle trece, está a cuatro cuadras de donde vivo, así que camino hacia allá y entro a la primera que encuentro.

Ahí, frente a la cajera, y luego de oír el nuevo valor de la leche, caigo en cuenta de que no he llevado suficiente efectivo. Me faltan cinco centavos.

Así que le digo que regreso en cinco minutos y camino las tres cuadras que me separan del Banco.

Aun estará cerrado una hora más pero ya hay una larga cola de gente a la espera, como cualquier otro lunes. Donde no hay ni una sola persona es frente al cajero automático. Y eso no es una buena noticia.

Efectivamente cuando me acerco y voy a introducir mi tarjeta leo un mensaje que pide disculpas pues están trabajando para nosotros. O sea, llenando el cajero y, por lo tanto, fuera de servicio. Out, como yo mismo, plantado ahí mientras pienso que ir en busca de otro cajero sería inútil, dado el día y la hora, y que Lucas ya debe estar armándole berrinche a su madre. Hasta me parece oír su llanto. Y es entonces que veo, al otro lado de la calle, a Luis Brosthedts.

Mi cuerpo se paraliza, excepto mi cerebro que pugna por convertirme en un hombre invisible. Pero antes de que pueda lograrlo, Luis atraviesa la calle y viene hacia mí, con una alegría que pocas veces observo en otra gente.
Metros antes de llegar abre tanto sus brazos que pienso en un cristo crucificado.

Y con esa imagen en mi cabeza, mi cuerpo es rodeado y apretujado una y otra vez hasta que yo mismo correspondo al abrazo e, incluso, le hago una caricia en el cabello sucio y en el rostro verdoso.

—Hermano querido —me dice, los ojos amarillos—. ¡Qué placer verte!

—También a mí me da gusto, hermano —le digo, sinceramente, olvidando ya que hace un instante pugnaba por hacerme invisible— ¿Cómo te ha ido?

La pregunta es absolutamente estúpida y, sin embargo, él me la responde.

—Cada vez tengo más destrozado el hígado. Me queda poco.

—Qué mierda, hermano— lamento. Y ahora soy yo quien lo abraza mientras hago un gesto a unos conocidos que, en cuanto ven la situación y reconocen a Luis, cambian de vereda. Yo lo abrazo con más fuerza mientras pienso en cuando, este despojo que ahora es Luis, era un muchacho muy atractivo y con mejor futuro, allá por los ochenta. Me veo a mi mismo enrolando unos cigarrillos de mariguana, unos maduros con queso, unas pistolas, sin el exceso en el que algunos caeríamos después. Pero esa es otra historia y me sacudo y lo desbrazo y le pido:

—Acompáñame un rato, hasta que habiliten el cajero, y te doy un billetito.

—Gracias, hermano —me abraza y el olor a muerto es más intenso esta vez—. Tú siempre ayudándome.

—Ojalá pudiera hacerlo de verdad.

—Yo ya no tengo remedio, mi Franklin —me acaricia el cabello—. Pero ¿qué te pasa? ¿En qué piensas? Te veo preocupado. Muy preocupado.

Y es entonces cuando vuelvo a pensar en Lucas y en el Enfagrow.

—¡Mierda! Lucas debe estar llorando.

—¿Lucas, tu hijo, el pequeñito?

—El mismo. Vine a comprarle una leche, pero me faltó plata y por eso tengo que esperar que funcione el cajero.

—Y cuánto te falta, hermano.

—Es de risa —le digo: Cinco centavos.

La cara verde amarilla de Luis se ilumina al mismo tiempo que mete su mano en uno de los bolsillos del pantalón y saca una moneda y grita entusiasmado:

—¡Cinco centavos! —me los da—. Toma. Cómprale la leche a tu hijito.

—Tranquilo, hermano. Ya mismo funciona el cajero.

—¿Y si no funciona? —cuestiona—. ¿Y si tarda mucho? No olvides en qué país vivimos.

Asiento.

—Tú me has ayudado tantas veces y nunca te he rechazado. Al contrario, siempre te pido. Toma.

Algo que me cuesta entender, me hace tomar los cinco centavos. Le doy un abrazo más intenso que el que me dio al inicio y me voy, sin palabras, rumbo a la farmacia.

Cuando llego a casa, Lucas está tomando las últimas onzas que le quedaban de anoche. Pero no es eso lo más importante sino lo que Almendra me dice:

—Acaba de llamarte un amigo tuyo.

—¿Cuál de tantos? —bromeo.

—No dijo el nombre.

—¿Y qué quería?

—Avisarte que otro de tus amigos murió anoche.

—¿Te dijo cuál?

—Un tal Luis Brosthedts.

¿POR QUÉ LOS CARACOLES TIENEN ANTENAS SI NO SON INSECTOS?

Camino a la escuela a buscar a Lucas.

Ya son veinticuatro horas a solas con él, debido a que Almendra y Adriano están de viaje.

Algunas de esas, han sido horas de terror. Es que este niño no para de hablar, de preguntar cosas que, si alguna vez las aprendí, ya quedaron en el olvido.

En cuanto me ve, me cuenta:

—La profe me dio un papel en el que tenía que dibujar lo que voy a ser de grande.

—¿Y?

—Dibujé un hombre con un casco para protegerle la cabeza y una caja de herramientas. ¡Voy a ser un constructor!

—Qué bien —lo felicito.

—O sea: voy a ser muchísimas cosas más, todo lo que yo quiera ser, pero esas no se las dibujé a esa tonta.

—¿Por qué no?

—Porque ella dice que uno tiene que ser una sola cosa. No puedo ser músico. No puedo ser dibujante. No puedo ser científico. No puedo ser explorador. Ni escritor voy a ser. Ni siquiera murciélago. ¡Y yo quería ser Batman!

—Hay gente que nace para ser como ella sostiene, Lucas —le digo mientras me pongo a su altura y lo abrazo—. Tú serás todo lo que quieras ser. Te sobrará tiempo y talento.

—¿Caballero de la noche también?

—Todo lo que te propongas.

Me abraza. Nos quedamos así un instante que parece una eternidad.

Luego empezamos a caminar los seiscientos metros que hay hasta Santuario, la finca donde vivimos.

Cuando vamos por la mitad, Lucas mira hacia el cielo y grita:

—¡Un halcón peregrino negro!

Yo trato de ver lo que él dice, pero el sol —o mi casi ceguera— me impide definir qué tipo de ave es la que vuela muy arriba de nuestras cabezas.

—Cuando tengas dinero, me compras unos binoculares. Le podría ver las garras. ¿Sabías que las garras de un halcón peregrino negro son afiladas como cuchillos?

—No lo sabía. Gracias por la enseñanza.

—¡Un momento! —Exclama Lucas y se detiene a observar el ave que yo apenas puedo vislumbrar—. ¿Qué hace aquí si este no es su hábitat?

—¿No lo es?

—¡No! El halcón peregrino negro es del África. Hay en Europa y en América del norte, pero no aquí.

—¿Dónde aprendiste eso?

Se queda callado un instante.

—No en la escuela —sostiene luego—. Ya sabes por quién.

Entramos a Santuario.

—Si tuviera unos binoculares, podría verle las garras. ¿Sabías que son muy largas y cortan como un cuchillo afilado? ¿Lo sabías?

Estoy por responder, pero es él quién grita:

—¡Mira: un tecolote!

Miro. Todo lo que veo es una lechuza que nos observa desde una baranda, a pocos pasos ya de la casa.

—¿Te refieres a esa lechuza?

—¡Es un tecolote enano!

—¿Un tecolote enano?

—Sí. O sea, sí es una lechuza. Pero a esta la podemos ver de día y de noche.

—No lo sabía.

Se detiene a observarla.

—Pero no sé por qué se llama tecolote enano. ¿Crees tú que se llame así porque es de color chocolate?

—No tengo idea, Lucas —le confieso, con vergüenza—. Perdóname la ignorancia.

Lucas se acerca un poco a la lechuza, la cual permanece en su sitio, mirándome. Al menos, es lo que me parece.

—¿De verdad no sabes lo que es un tecolote? —me cuestiona—. ¿Un escritor no lo sabe todo?

—Obvio que no.

—Entonces ya no quiero ser escritor. Solo seré constructor y todas las otras cosas que quiera ser cuando sea grande.

—Me parece bien —acepto—. Solo serás lo que quieras ser.

—¿Te acuerdas del tecolote enano que la otra noche nos visitó en la casa? ¿El que estaba leyendo los libros?

Juro que ya ni me acordaba de aquella visita nocturna.

—¿Tú crees que sea el mismo?

—El mismo al que mi mami le tomó la foto.

Efectivamente, hace algún tiempo, mientras dormitaba en la madrugada, me asaltó la sensación de que un intruso estaba en la casa.

Ni bien abrí los ojos, me encontré con otros ojos que brillaban a cierta altura, sobre una de las bibliotecas.

No negaré que mi corazón se aceleró más de la cuenta y que empuñé el arma que duerme bajo mi almohada.

—¿Qué pasa? —dijo entonces Almendra, adormecida. Y yo susurré:

—Alguien está aquí dentro.

Fue ahí que Almendra se incorporó, como si tuviese resortes en la mitad del cuerpo, y encendió la luz.

Es un búho —susurró. Y acto seguido, se deslizó, tomó su bolso, sacó su herramienta, la encendió, apuntó, y disparó.

El animal no mostró signos de molestia. Es más, hasta juraría que lo vi voltearse y ofrecer su mejor ángulo.

En fin, luego de posar para las fotos, emprendió un silencioso y fantasmagórico vuelo y salió por la misma ventana que antes de irnos a dormir olvidé cerrar y que, probablemente, fue la ruta por la que entró. Y digo probablemente porque la ventana ha estado cerrada en otras excursiones que han hecho.

Estaba así, cuando entró la tarántula que Almendra encontró e y que Lucas insiste en catalogar como araña cangrejo.

También cuando apareció la iguana. Aunque, la verdad sea dicha, esa sí descubrimos que entró por el techo, que fue por donde salió al día siguiente.

De igual manera, cuando quien nos visitó fue aquella culebra que Lucas y Adriano ayudaron a escapar, a pesar de que Almendra y yo la queríamos muerta.

Pero eso es pasado y lo que me atormenta va aquí, a mi lado. Y antes de entrar a la casa me clava otro aguijón:

—¿Sabes por qué los caracoles tienen antenas si no son insectos?

—No lo sé —le confieso.

—¿No lo sabes? ¿Eres viejo y no lo sabes?

—Soy viejo, no sabio.

Me mira como si no le cupiese que un anciano como yo no tuviese respuestas para todo.

Y luego, a cada rato (mientras construye edificios, puentes, fábricas, fincas, con los legos que hoy son exclusivamente de su uso por la ausencia de Adriano, mientras resucita el mundo pre histórico con sus tiranosaurios, triceraptors, alogosaurios, dinosaurios de cadera de lagarto, amargasaurios, deinonicus, diplodocus, gallimimos, ornitomimos, velociraptors, estegosaurios, protoceraptos, y tantos otros cuyos nombres no recuerdo a pesar de tanto que me los ha repetido) me pregunta y repregunta:

—¿De verdad no sabes por qué los caracoles tienen antenas si no son insectos?

Y yo, sin acceso a internet en esta finca, y sin ganas de hojear —u ojear— alguno de esos libros de tapa dura y hermosas y gigantes fotografías de animales que Almendra les trae cada vez que va de compras, todavía no sé qué responderle. Lo único que se me ocurre es salir y telefonear a Almendra para que regrese de inmediato y se haga cargo. Después de todo, es ella la culpable de meterle tantas cosas en la cabeza.

LUCAS Y EL LOBO

—¿Listo, Lucas?

—Sí, papá.

Lo miro y en efecto parece estarlo. Agarro la escopeta y me la cuelgo del hombro. Caminamos y, al salir de la finca, descuelgo la escopeta y la llevo con el cañón hacia el suelo, la mano derecha lista para accionar el gatillo. Con la izquierda tomo la mano de Lucas y empezamos los casi quinientos metros que nos separan de la escuela.

—¿Seguro que tienes bien claro lo que debes hacer?

—En cuanto lo vea, le tengo que disparar.

—¿Dónde?

—En la cabeza.

—Exacto. Un solo tiro, bien puesto.

—Entre los ojos. Para que nunca más le haga daño a nadie.

—No olvides ir y poner tu bota sobre su cabeza en cuanto lo veas en el piso. Si aún respira, le pegas otro balazo.

—Mejor dos, papá. Para que nunca más haga daño a nadie.

—Perfecto.

En una esquina, antes de girar a la calle en donde está la escuela, un muchacho se vuelve a vernos y luego echa a correr.

—¡Llamen a la policía! —me parece oírlo gritar mientras Lucas y yo hacemos escuadra en la bocacalle.

De la casa más cercana salen unas mujeres.

—Buen día —les digo.

Ellas responden con un tono asustadizo y desaparecen.

Alguna gente que ya viene de dejar a sus hijos se abre un poco. Frente a la puerta de la escuela hay otros padres y madres que toman la misma actitud.

—Buen día —saludo al portero.

El anciano mira la escopeta y no atina qué hacer.

Lucas y yo nos dirigimos al aula mientras, lejos aún, empieza a sonar una sirena in crescendo. En cuanto entramos al aula, muevo mi brazo para que la escopeta quede en posición de disparo.

—Excelente día para todos —saludo.

Nadie me responde, excepto la profesora.

—Buen día, señor Briones.

Le entrego la escopeta a Lucas ante el silencio de las madres.

Una de ellas, agarra a un pequeño y lo cubre con su cuerpo. Lucas se da cuenta y levanta la escopeta, riendo.

—Es de juguete —aclara.

—¿De juguete? —pregunta alguien.

—Es para el ensayo —explica Lucas—. Soy el cazador que matará al lobo que se comerá a Caperucita.

Ni bien termina de hablar, la sirena se convierte en un estruendo.

Oigo gente que corre hacia nosotros. Me asomo a la puerta del aula.

Son policías, con las armas listas.

Según parece, alguien tiene gravísimos problemas.

PÁJAROS

Es Adriano quien grita, desde fuera de la casita:

—¡Un pájaro está muerto! ¡Lucas, un pájaro está muerto!

Mientras el niño grita también su madre lo hace. Y el hombre que está con ella intenta —extenuado ya, con el corazón al límite— darle con todo.

—¡Papi! —Ahora es Lucas—: ¡Adriano encontró un pájaro!

Los gritos se acercan. El hombre acelera sus embestidas, de modo que pronto tanto él como la mujer lanzan una especie de bramido y se estremecen como si algo dentro les explotara.

Los niños golpean la puerta.

—¡Abre, papi! —Grita Lucas—. Hay un pajarito que necesita ayuda.

El hombre contempla a la mujer que yace sin prestar atención a nada. Se alegra de que aquél pájaro no sea el suyo.

—¡Abre, papi! —Ahora es un coro de dos—. ¡Abre!

Sin reponerse del todo, a tientas casi, el hombre busca su pantalón corto, se lo pone y abrocha con dificultad, y abre.

—¿Qué pasa? ¿Por qué tanta bulla?

—Adriano encontró un pájaro —explica Lucas.

—Muerto —aclara Adriano.

—¡No está muerto! —Protesta Lucas—. Hay que llevarlo al hospital.

—¿Al hospital?

—Al hospital de animales —suplica Lucas—. Pronto. Ayúdanos.

Lucas lo toma de la mano y lo conduce a un pasillo entre la casita y la casa grande.

—Ahí está —señala.

Efectivamente, un cacique está con las patas al cielo, tieso como su propio pájaro hace un momento.

—¿Está muerto, papi? —duda Adriano.

—¡No está muerto! —Refuta Lucas—. ¡Díselo, papá!

—Está muerto —ratifica el hombre—. Le haremos una cajita y lo enterraremos en el jardín.

—Si lo entierras le pasará lo mismo que a Tommy.

Tommy había sido el hijo de un pit bull y una bull dog. Un asesino de los perros y los gatos que osaran invadir su territorio o el de sus amos. Muerto de viejo hacía ya tres años, estaba sepultado en uno de los extremos de la finca.

—¿Qué le pasó a Tom Killer? —Pregunta el hombre, asombrado de que el niño tuviese al perro en la memoria.

—Cuando se lo querían comer las cucarachas no pudo salir porque tenía mucha tierra encima —reclama Lucas—. ¡Y se murió para siempre! ¡Por tu culpa! ¡Tú lo enterraste!

—¿Cierto, papi? —pregunta Adriano, quien está a un tris de cumplir cuatro, uno menos que su hermano.

El hombre intenta verbalizar una respuesta, pero apenas atina un movimiento de cabeza.

—Hay que llevarlo al hospital de animales —insiste Lucas. Y agarra, con sumo cuidado, al cacique y lo carga a la casa grande.

Lo sigue Adriano.

El hombre no atina qué hacer. Permanece plantado hasta que escucha detrás la voz de su mujer:

—Tienes el pantalón al revés.

Mira hacia abajo. Es cierto: los bolsillos están por fuera. Ríe mientras lo desabrocha y lo deja caer.

—¿Por qué hay tanto bullicio? —indaga la mujer, recostada en el vano de la puerta de la casita, treinta y cinco años menos, y con tanta desnudez como él mismo.

—Encontraron un cacique muerto.

—Yo no hablo de los niños —aclara la mujer—, sino de los pájaros. Del ruido.

El hombre denota perplejidad.

—¿No escuchas?

El hombre presta atención.

Efectivamente, el aire está lleno del canto y el aleteo de pájaros. Nada insólito si no fuese mediodía y el sonido no estuviese in crescendo, cada vez más cercano.

—Que yo recuerde, solo cuando amanece y anochece cantan tanto, al salir de entre los árboles, y al volver.

La mujer abandona el marco de la puerta y viene hacia él sin dejar de hurgar en el cielo. Gira sobre sí misma.

—¡Mira! ¡Una bandada!

Efectivamente, una nube de pájaros aparece casi sobre sus cabezas, revolotea, se posa en los techos y en los árboles más cercanos. El sonido es ensordecedor. Sobre todo, para la mujer que sufre —últimamente— de fobia a todo lo que no sea su música.

—¡Y todos son amarillos! —Grita ella mientras se tapa las orejas— ¡Caciques!

El hombre tiene muy mala la visión como consecuencia de la diabetes. De hecho, es tuerto. Y sin gafas y a esta hora, el asunto empeora. Sin embargo, no necesita verlos para que la piel se le ponga como de gallina desplumada.

—¡Lucas! —Grita mientras le da vuelta al pantalón y se lo pone, bien esta vez—. ¡Adriano!

Ninguno le contesta.

El hombre corre hacia la casa mientras la mujer queda girando sobre sí misma con las manos en las orejas y los ojos más abiertos que nunca. Alucinada.

Lucas y Adriano están inclinados delante del pájaro, al cual han colocado sobre una hoja de papel.

Lucas pretende escuchar los latidos del corazón del pájaro a través de un estetoscopio que cuelga de su cuello. Se ha puesto ya su mandil y sus gafas de médico.

—Lucas está examinándolo —explica Adriano—. Dice que no está muerto. Que no hay que enterrarlo.

—¡Enterrarlo es en contra de la naturaleza! —Grita Lucas, sin dejar de escrutar al cacique.

—¿Qué es ese ruido?

—La familia de este pájaro ha venido a verlo.

Lucas y Adriano se miran. Luego corren y se asoman. ¡Es cierto! –Exclaman.

–¿Nos van a atacar, papi?

–Los pájaros son buenos –responde Adriano–. No atacan a los humanos.

–¡No todos! –Refuta Lucas–. Las águilas arpías sí atacan. Y los cuervos te sacan los ojos.

–¿Y los tecolotes también?

–Ya te lo expliqué muchas veces, Adriano. ¡Los tecolotes enanos son buenos!

–Tal vez este sea el rey de los pájaros–murmura el hombre–. O, al menos, de los caciques.

–Los pájaros no tienen rey –protesta Adriano–. Los pájaros son libres.

–Como sea, afuera los pájaros están esperando.

Adriano y Lucas se miran.

–¿Los pájaros tienen rey, Lucas? –Indaga Adriano.

–Los leones tienen rey, las abejas tienen reina, las hormigas tienen reina.

–Llevémoslo –ruega el hombre–. Por favor.

–Llévalo, Lucas –pide Adriano–. Ya está muerto.

Cuando el hombre, los dos niños, y el rey de los pájaros salen de la casa, la mujer continúa en las mismas.

–¿Por qué mi mami casi siempre está desnuda?

–Estoy con calzón, Lucas. No exageres –le responde ella, dejando de girar y destapándose las orejas.

–Pensé que si te tapabas las orejas no oías nada –comenta el hombre.

–Oigo hasta el más mínimo sonido del universo. ¿Qué van a hacer con ese pájaro?

–Ponerlo donde lo vea la bandada.

Adriano coloca la hoja de papel a un costado del jardín y sobre ella Lucas deposita al cacique. Lo acarician y luego se retiran.

–Vengan –dice el hombre–. Sentémonos.

El hombre y la mujer se sientan en el vano de la puerta y entre sus piernas acomodan a los niños al mismo tiempo que el sonido de los pájaros va en crescendo.

Una bandada desciende y rodea al pájaro que agoniza.

El silencio es absoluto.

De pronto, Adriano llora.

—No quiero que te mueras, papá —gime y abraza al hombre—. No quiero que te mueras nunca.

También Lucas llora.

—¡Cuando te mueras —grita y abraza al hombre—, no vamos a enterrarte!

Y Adriano repite:

—¡No vamos a enterrarte! ¡Nunca!

El hombre los abraza con más intensidad mientras Lucas anuncia:

—Te vamos a embalsamar. También al pájaro.

Y es entonces que el corazón del hombre —igual que antes el del cacique— se perturba, a tal punto que cesa todo.

ASÍ COMO TÚ Y YO

Estoy al teléfono:

—Pasaré mañana por ahí, aprovechando que iré a Manta.

Adriano deja lo que hace y me presta atención mientras continúo al habla.

—Absolutamente seguro. Voy al hospital. Es imbarajable. Tengo que ir sí o sí.

Adriano se levanta y se me acerca. Me observa con cierta preocupación. Yo le sonrío, le lanzo un beso, y le digo:

—Te amo.

—¡¿Qué?! —me gritan al otro lado de la línea.

—Dije "Te amo" pero no es a ti sino a Adriano, que está aquí a mi lado —aclaro—. Sí, sí. Es seguro. Pasaré por tu casa mañana.

Me despido y cierro.

Estoy por levantarme, pero antes Adriano se mete entre mis piernas y me abraza todo lo fuerte que puede con su cuerpo que no cumple ni cinco años. Cuando se separa me mira, tristísimo.

—¿Te vas a morir, papi?

—Todos tenemos que morir, Adriano —le digo mientras lo acaricio—. Es la ley de la vida. Ya te lo he dicho.

—Sí, papi, pero ¿te vas a morir mañana?

—¿Mañana? No, por supuesto que no.

—Dijiste que vas al hospital —empieza a llorar—. ¡Yo no quiero que te mueras!

Lo abrazo con más intensidad y le digo mientras estamos cabeza con cabeza, ojos con ojos.

—No voy a morir mientras estés pequeño.

—¿Me lo juras?

—Te lo juro. Moriré solo cuando ya no me necesites.

—Pero yo te voy a necesitar siempre, papi.

—De adulto ya no tanto.

Siento que el nudo que tengo en la garganta aprieta más y más.

—Sí te voy a querer siempre.

—Escúchame: aunque yo muera, siempre voy a estar contigo. Con Lucas. Con Sebastián. Con tu mami. Te lo prometo.

—¿Estás llorando? —me dice, angustiado.

Dejo el llanto ipso facto mientras señalo hacia el cielo, donde termina de pasar sobre nuestras cabezas una bandada de gaviotas, y le digo.

—Es que uno de esos pájaros me cagó en el ojo.

—¿Una gaviota se cagó en tu ojo? —me escruta, intentando hallar huellas del excremento—. ¿En el ojo bueno o en el ojo malo?

—En el malo.

—¿En el malo? ¿Y entonces por qué llorabas con los dos ojos?

Me quedo sin respuesta. Él insiste.

—Dime, papi: ¿Por qué llorabas con los dos si la gaviota solo te cagó en el malo?

—El malo lloró porque lo cagaron —argumento—, y el otro por solidaridad.

—¿Soli qué?

—Solidaridad. Porque el ojo sano siente, sufre, lo que le pasa al otro. ¿Entiendes?

—¿Te refieres, papi, así como tú y yo?

Afirmo con la cabeza mientras cierro los ojos e intento no llorar, abrazados aún, sin más sonidos en el universo que el latir de nuestros corazones y el rumor de las olas que vienen y retornan.

Es Adriano quién los abre primero, para decirme: ¿Te traigo tus pastillas, papi? ¿Tus gotas?

— Primero tenemos que desayunar.

—Yo no quiero.

—¿Cómo que no? ¿Yogur con cereal, que te gusta tanto?

—No, no quiero —reafirma—. No voy a comer nunca más.

—Si no comes, no serás fuerte, sano, inteligente. No crecerás.

—No voy a comer. Nunca más.

Intento escrutarlo. Una casi certeza cruza de pronto por mi mente y él, Adriano, la confirma:

—No quiero crecer. No quiero ser adulto. No quiero que te mueras.

COITUS INTERRUPTUS

Hoy no hay clases. De modo que los niños despiertan más temprano que nunca. Justo cuando la madre y el padre inician el toqueteo para un mañanero.

El más pequeño viene y los interrumpe:

— ¿Hay escuela, papi?

— Si hubiese no se habrían despertado tan temprano.

— ¿No hay? ¿Es otra vez domingo?

—Es lunes, pero no hay clases.

El niño sale raudo en busca de su hermano.

—¡No hay escuela, ñaño! ¡No hay escuela!

—Buen día —dice el ñaño, al entrar—. ¿Iremos a la playa?

—Sí, pero más tarde.

—¿Podemos ir a jugar al piso de abajo, entonces?

—Pueden —responde la madre.

—De una —les dice el padre—. Esfúmense.

Los chicos desaparecen. Y acto seguido, los padres vuelven a las caricias.

—Son tan lindos que deberíamos tener otro —propone al oído de la mujer.

—¿Estás loco? —Se levanta con tanta brusquedad que él siente un golpe en una de las mejillas.

—Era broma —rectifica—. Si pudiese, los desaparecería.

Ella retorna y le besa la mejilla golpeada sin querer.

—Si dos me enloquecen, no quiero imaginarme con tres.

El hombre no dice nada.

La mujer continúa con el besuqueo: rostro, cuello, pecho, vientre...

El hombre ya está en el paraíso cuando escucha las voces y las pisadas del par de niños que sube las escaleras.

—Mierda —dice, sintiéndose expulsado.

Cuando los niños entran, ya el hombre y la mujer están acostados de manera correcta. Duermen. Ronca él, incluso.

Igual, preguntan:

—Mira, papi, mi dibujo. ¿Te gusta?

—Y mi disfraz de El Zorro ¿Qué te parece?

Al hombre le cuesta despertar. Apenas abre un ojo y vuelve a cerrarlo mientras murmura:

—Muy lindos.

—¿No vas a decir nada más? —reclama el mayor—. No te hagas el dormido.

—La mami también hace que duerme—sostiene el otro mientras convierte sus dedos en pinzas que le abren un ojo a la mujer.

—¡Dejen de joder! —Se incorpora—. Y vayan a jugar.

—¿A la playa? —acepta el más pequeño—. Yo quiero correr en el agua como un basilisco.

—Solos, no —sostiene el hombre—. Hay aguaje y se ahogarían.

—Quizás no sería una mala idea —murmura la mujer y denota una seriedad absoluta.

Los niños la miran durante algunos segundos, pero ella no cambia el rostro.

—¡Mi mami nos quiere matar! —Gritan al unísono mientras corren hacia la puerta.

Solo cuando escucha que empiezan a bajar las escaleras es que la mujer les grita:

—¡Los amooooooooooooo!

La única respuesta son los pasos sobre la escalera de madera. Alejándose.

Luego el silencio absoluto.

La mujer denota preocupación.

—¿Crees que se hayan ido a la playa?

—Les dije que hay aguaje, ¿no? —responde el hombre mientras cambia de posición y mete la cabeza entre las entrepiernas de la mujer.

Ella todavía insiste, a pesar del placer que empieza a transportarla:

—¿Y si se ahogan?

—No te pongas dramática —dice él, haciendo un paréntesis—. Y disfruta.

La mujer se distiende e intenta conjugar el verbo.

Finalmente, los jadeos crecen, igual que las olas del mar.

Cuando están en el punto más alto del éxtasis retornan los pasos escaleras arriba. Y es entonces que la mujer aparta al hombre y el hombre a la mujer y se levantan y cierran la puerta de golpe mientras gritan:

—¡Carajo, dije que desaparecieran!

Ambos esperan detrás de la puerta hasta escuchar los pasos y las voces que bajan.

Luego vuelven a la cama y se sientan y permanecen así un largo rato, sin más sonido que el rumor de las olas.

Después empiezan a vestirse.

—Hay que llevarlos a la playa.

—La marea está alta y hay aguaje.

—Podrían ahogarse.

Se miran y asienten.

Se levantan y salen.

El mar suena más agitado que nunca.

NO MATES A MI HERMANO

Para Sebastián

Bajo por él antes de que amanezca y, en cuanto regreso y compruebo que Sebastián duerme, decido descuartizarlo de forma rápida y fácil.

De modo que, ya en situación, utilizo un método simple: el del aturdimiento por percusión. Le asesto un golpe rápido y duro en el cráneo. En la parte superior, justo detrás de sus ojos, para que la fuerza del impacto sea absorbida por su cerebro y se interrumpa su actividad neurológica.

Como es pequeño, me veo obligado a sostenerlo con una mano mientras lo golpeo. Enseguida, le hago una prueba rápida para determinar la consecuencia. Lo volteo, y chequeo su ojo, justo antes de empezar a desangrarlo rápidamente, a fin de que su carne sea de una calidad excelente.

Vuelvo a sostenerlo por la cabeza mientras le meto tres dedos por la garganta, jalo, y le rompo unos vasos sanguíneos para que aumente el desangre.

Para el resto, está mi cuchillo japonés de alta gama. Un Yanigaba de Kai, con una hoja de veintisiete centímetros de acero inoxidable pulido con un altísimo grado de dureza, pero —al mismo tiempo— de una flexibilidad increíble, y con un mango de madera de sequoia que se adapta perfectamente a mi mano.

¡No me ha fallado nunca!

Por complicada que haya parecido la faena, por dura que haya sido la carne, la hoja se ha deslizado entre ella y ha realizado los cortes de manera perfecta. Definitivamente impresionante. Lo recomiendo.

Me concentro tanto en cortar y separar estructuras, huesos, cartílagos, que tardo más que un par de minutos en darme cuenta que mi celular emite una alarma.

De modo que cuando me percato, me lavo un poco, y pongo el canal on line, ya el programa ha iniciado. Según los anuncios previos, hoy transmiten una basura con aires de reality show a la cual no le prestaría atención si no fuese porque estará un antiguo amigo que se quedó hundido en las drogas y que, no sé cómo, cumple las funciones de forense en esta ciudad.

—Una pregunta para usted, que es forense —dice la entrevistadora a mi ex amigo—: ¿Es fácil descuartizar un cuerpo?

El forense, se pone en posición, mira de un lado a otro, buscando qué cámara está con él, se atusa un bigote remedo del de Dalí:

—De lo que puedo hablar es de mi experiencia en el ámbito de las autopsias. Yo los descuartizo con una sierra manual, de esas comunes y corrientes, que venden en las ferreterías. Y con mucha paciencia. En realidad, es un trabajo que me encanta.

—¿Le encanta? —la presentadora no puede ocultar un gesto desagradable, casi de asco.

—Para hacer las cosas bien, para ser un excelente profesional, a uno le tiene que gustar su trabajo. ¿A usted no le gusta el suyo?

Ella no atina respuesta. No en vano fue reina de belleza.

—Continúe —interviene la otra.

—El descuartizamiento hay que hacerlo en un lavadero porque se evacúa mucha sangre. O en la bañera. A veces uso una bolsa de plástico grande, de esas para contenedor de basura.

La presentadora intenta retomar su papel.

—A ver, a ver, a ver: Estoy asombrada. Una cosa es que usted sea un profesional, que descuartizar cuerpos sea su trabajo, y que sepa cómo hacerlo, pero otra cosa es que le encante hacerlo. ¡Es terrible! Moral y éticamente terrible.

Ofrezco mis disculpas, amables lectores. La reinita no ha sido tan pendeja.

Continúa:

—Me parece moral y éticamente terrible. Pero siga, que la audiencia necesita saber. Entonces es muy sangrienta su labor, ¿no?

—Bastante. La hemorragia es inmediata. Se pierde tres litros de sangre al seccionar el cadáver. Y un par de litros quedan empapando, impregnando, las vísceras, el hígado, el bazo, el corazón.

—¿Cuántos litros de sangre tiene una persona?

—Un hombre de tamaño estándar, cinco litros. Una mujer, un poquito menos. Más preciso sería decir que todo depende del peso, de la altura, y del sexo. Y que puede ir de cuatro a seis litros.

—En el caso del descuartizador, ¿es posible que haga todo lo que ha hecho sin dejar rastro?

—Si lo ha hecho en una bañera, es muy difícil encontrar restos de hemoglobina. Si usted sabe hacer el trabajo, lo descuartiza y coloca los trozos en bolsas de basura, y echa mucha, mucha, muchísima, agua. Si usted lo sabe hacer, no deja ni la más microscópica huella de hemoglobina.

—Debe ser muy difícil.

—No lo es, si usted disfruta de su trabajo. Es como agarrar un mueble que ya no sirve y usar un serrucho para hacerlo leña.

—¡Qué comparación tan truculenta!

—Como la propia vida —sostiene el forense.

—¿Cuál cree que sea el perfil sicológico del descuartizador, doctora? —pregunta la presentadora, a la otra invitada, cuya cara de trastornada no se la quita nadie.

—En cuanto a la personalidad de quien está perpetrando estos descuartizamientos, sería una frivolidad hacer un diagnóstico. Sin embargo, en principio, me atrevo a decir que puede ser una persona que tenga rasgos psicopáticos, sádicos, o que esté intoxicada con alguna sustancia excitante.

Incluso, podría ser alguien con una mezcla de varios factores. Podría ocurrir que el descuartizador sea un hombre relativamente normal. En fin, sobre el tema podríamos hablar mucho. Podría ocurrir que el descuartizador, y caníbal también, sea cualquiera de nosotros. Y hasta tenga hijos...

Ni bien termina de pronunciar la palabra "hijos", el dolor en una de mis pantorrillas me hace mirar hacia abajo.

Es Sebastián que me da patadas y más patadas.

—¿Por qué matas a mi hermano? —llora—. ¿Por qué? ¿Por qué?

—No es tu hermano.

—¡Todos somos hermanos!

Me inclino, y lo abrazo, inmovilizándolo, lo cual no impide que continúe atacándome.

—¡Eres un asesino! ¡Asesino!

—Si no los matáramos, moriríamos de hambre —lo miro cara a cara—. ¿O crees que te basta con comer cebolla? ¿Quieres morir, Sebastián?

Se separa, me da un puntillazo, corre, y sale de la cocina, sin dejar el lloriqueo.

Yo regreso a mi labor. A cortar una muy buena porción del animal en cuadritos.

Después, vendrá el marinado en jugo de limón con ajo. Para Sebastián solo con cebolla. Cebolla y más cebolla.
El mío será con tomate, pimientos rojos, pimientos verdes, cilantro, ají, y también cebolla, ¿por qué no?

Y una buena porción de aguacate.

HOY TAMPOCO PUDE MATAR A MI PADRE

Para Sebastián,
Lucas,
Adriano

Cuando la chica entra, el anciano acaba de abrir el ojo.

—Hola.

El anciano no responde, ocupado en mirar la habitación, en repasar las paredes amplias y de pintura desvaída, los objetos envejecidos, las fotos sobre tableros de aglomerados, en una él, un poco menos viejo, una mujer joven, tres niños. En otra, él sostiene sobre sus hombros a un niño de cinco o seis.

Suspira, sin saber por qué.

Mira a la chica, como si intentara desentrañarla.

—¿Usted nunca va a acordarse de mí? —lo cuestiona ella.

El anciano continúa observándola, sin atinar respuesta. Algo —afuera— parece robar su atención. Se toca una oreja, buscando -quizá- una mejor señal.

—Me llamo Mayte. Y ya le he dicho mi nombre tantas veces.

—Ma-y-te.

—O sea: me dicen Mayte, pero mi nombre completo es María Teresa.

—¿Te-re-sa? —evoca— ¿Te-re-sa?

—Teresa, como tu mamá, o sea como mi abuela — comenta un chico que acaba de entrar. Recuerdas lo que es una mamá, ¿no?

El anciano abre su ojo al máximo, denota que no entiende. Su ojo se queda en el vacío un instante largo. Luego busca a Mayte—. ¿Ma-má?

—Claro que no. Yo soy la novia de su hijo.

—Yo soy tu hijo, papá. Soy Adriano.

El anciano lo mira con sorpresa.

—Siempre, la misma historia —cuestiona Maité— Ni bien se le dice algo, lo olvida todo. A este paso nunca vas a cumplir la promesa. Y entonces tú y yo, adiós.

—¡Carajos, Mayte! El chico la mira con tal determinación que la chica murmura algo inentendible, entra al baño, y da un portazo.

El chico toma un parche ocular y se acerca al anciano. Se lo coloca sobre lo que alguna vez fue un ojo y ahora es un cuenco vacío. Le arregla el cabello, de plata y ralo, igual que la barba, pero espesa. Le da un beso en la frente.

—Te amo, papá.

El anciano le toma el rostro y lo mira con detenimiento. Algo intenta acoplarse en la madeja de cables desconectados que es su memoria.

—Soy. A-dri-a-no.

El anciano observa, de pronto, las fotos en la pared:

—Mis hermanos. Mi mamá. O sea, tu mujer. Treinta y cinco años de diferencia.

El anciano denota no entender. Vuelve a prestarle oídos al exterior. Sonríe, como si evocara.

—Es el sonido que más amas, papá. El mar.

La chica sale del baño.

—Ayer lo vio. Antier lo vio. Todos los días lo ve —sostiene Mayte—. Y no lo recuerda. A este paso jamás podrás cumplir la tontería que te pidió: eutanasia, qué pendejada.

Adriano la reprende con la mirada.

—¿Quieres que te lleve a pasear al pedrero?

El ojo del anciano parece saltar de alegría. Brilla, aún en su opacidad

—Es a dejarlo —corrige la chica—, no a pasearlo.

Adriano va y abre la puerta que da al balcón. Luego regresa y conduce hacia él la silla de ruedas.

Cuando el anciano ve el mar, denota asombro. Éxtasis, como cuando uno cualquiera lo contempla por primera vez.

—Es lo más emocionante y misterioso que hay, papá. Las sensaciones que despiertan su sonido, sus colores, su olor, su movimiento eterno. ¿Ves cómo las olas vienen y van? Ese ir y venir constante es lo que produce el sonido que tanto amas.

—A mí me arrulla —interviene ella—. Y me hace soñar con otros mundos. Y también re-cor-dar tantas cosas de mi vida. Como, por ejemplo, que, si Adriano tiene que seguir cuidándolo, yo no podré casarme.

—¡Ya cállate! —la muchacha se aleja hacia el extremo del balcón.

—Escucha, papá.

Adriano carraspea y luego declama:

Antes que el sueño (o el terror)
Tejiera mitologías y cosmogonías,
antes que el tiempo se acuñara en días,
el mar, el siempre mar, ya estaba y era.
¿Quién es el mar?
¿Quién es aquel violento y antiguo ser
que roe los pilares de la tierra
y es uno y muchos mares
y abismo y resplandor y azar y viento?
Quien lo mira lo ve por vez primera, siempre.
Con el asombro que las cosas
elementales dejan, las hermosas tardes,
la luna,
el fuego de una hoguera.
¿Quién es el mar, quién soy?
Lo sabré el día ulterior que sucede a la agonía.

Mientras Mayte denota ansiedad, el ojo del anciano va del chico al mar y otra vez a su hijo.

—Es uno de los poemas que más te gustó siempre. De Borges. Jorge Luis Borges. El también quedó ciego los últimos años de su vida.

—Sí —interviene Mayte—, pero de ambos ojos. Ciego total. No como usted. Y nunca tuvo Alzheimer. Murió lúcido.

—¡Mayte! Deja de joder o...

Se interrumpe al ver que el anciano está boquiabierto y la mirada fija en una sección del mar.

—Es un delfín —no tan lejos de la orilla, emerge y hace piruetas—. Delfín, papá. Delfín.

—Del-fín —evoca el anciano.

—Delfín, papá. ¿Te recuerda algo esa palabra? ¿Delfín?

—¿Del-fín? —el ojo del anciano brilla, de pronto.

—¿Te acuerdas? Me enseñaste, desde chiquito a no temerle al mar. Todas las tardes nadaba y nadaba y yo me creía un delfín.

—Mi delfín —lo abraza el anciano, entre sollozos.

—¡Por fin! —exclama Mayte—. ¡Gracias, Dios mío! ¡Gracias! Ahora sí podrás cumplir la promesa.

Adriano se suelta del abrazo, denota que no atina qué hacer.

—¡Tienes que llevarlo al pedrero y dejarlo allí! ¡Ahora que está lúcido! ¿O acaso no es lo que él quiere? ¿Lo que tú también quieres?

Durante un instante, cesan todos los sonidos. Excepto, claro, el de los tres corazones de esta historia.

Es el anciano quien habla luego.

—Lo que hayas prometido, cúmplelo.

—¿Oíste? Tienes que cumplirme.

El muchacho es fuerte. El anciano, apenas un guiñapo. De modo que no es cosa de otro mundo que el muchacho agarre a su padre y se lo coloque sobre sus hombros, las entrepiernas detrás de la nuca. Las manos fuertes, aferrando las que alguna vez lo fueron.

—¿Listo, papá?

—Lista -entusiasmada—. Vamos.

—Tú te quedas.

—Pero...

—Esto no es asunto tuyo.

—Si no lo haces, no volverás a verme nunca —lo sentencia mientras el chico sale con su carga sobre los hombros.

Desde el balcón ni el mar ni el cielo eran grises como los ve ahora al caminar sobre la arena mojada con su padre en modo vigía.

—Es un día horrible —dice por decir.

El anciano mueve la cabeza, contrariando el dictamen. Inclina el rostro hasta casi topar el del otro.

—No. No. No —refuta—. Es... Es... Es...

—Es como cuando tú me llevabas de niño.

—¿Te acuerdas? —Lucas lo reacomoda de tal forma que la espalda del anciano se arquea más y sus rostros quedan uno tan cerca del otro. El cutis terso besando casi el pellejo repleto de arrugas. El roce es como un choque eléctrico que abre una compuerta para que las lágrimas broten espontáneas sin que puedan ser secadas por las manos que sostienen otras manos.

Avanzan por la playa desierta, por la estrecha e irregular franja que deja la marea alta, aun subiendo, en búsqueda de cubrirlo todo hasta el muro de rocas que defiende al malecón, sobre el cual, en otros tiempos, no pandémicos, corrían modernos vehículos que traían turistas de toda índole a contemplar, aunque fuese, la caída del sol. Pero ahora, sobre el pavimento de aquella vía han crecido no solo hierbajos sino, incluso, arbustos. Y ya nadie lo transita.

—¡El pedrero! —anuncia, de pronto, el anciano, en su papel de vigía. Efectivamente, delante, a unos cien metros, aparece una plataforma de piedras que cubre todo el ancho de la playa, con espacios porosos, huecos, que forman pequeñas piscinas, y con una, dos, tres líneas, a modo de muelles rústicos, que penetran decenas de metros en el mar.

Conforme se acercan, cada paso es más corto que el anterior.

—¿Ya no puedes?

—No es tu peso, papá.

—¿Ya no quieres?

Lucas no responde, el llanto resbala por su rostro.

—Déjame aquí. Iré solo.

—Tú no puedes dar ni un paso por ti mismo.

—Llegaré, aunque tenga que arrastrarme.

—Qué mal chiste: arrastrarte para ir a morir.

—Lo indigno es vivir cuando ya se es una carga. Un despojo. Un inútil.

—Yo te necesito.

Casi sin darse cuenta, están ya en el pedrero. Veinte y tantos pasos más y Lucas lo baja y lo acomoda al borde de una poza que la marea empezará pronto a llenar.

También el muchacho se sienta, los pies colgando como los de su padre, codo con codo, en silencio.

El ojo del anciano recorre el borde de la montaña paralela a la playa, en un paneo lento de ida y de regreso.

Levanta la vista. Sobre su cabeza, pasa una bandada de gaviotas. Interminable.

—¡Setenta y tres! —Exclama Adriano, luego de contarlas—. ¡La más numerosa de todas las que he visto desde que el mundo es mundo!

—Setenta y tres— repite el anciano. Suspira. Luego baja la mirada mientras de atrás llega el rumor de la ola que viene y penetra por los intersticios rocosos para elevar el nivel en la poza y mojar sus dedos, sus tobillos, sus pantorrillas. Entre cinco y diez minutos, las olas, más altas y rápidas cada vez, la habrán llenado toda.

—Papá...

El anciano coloca su índice sobre los labios del muchacho, impidiéndole seguir.

—Ya todo está dicho, Sebastián.

La misma mano acaricia luego la cabeza del muchacho, los dedos revuelven los cabellos.

Una nueva ola entra rauda y el nivel sube hasta las rodillas que, sentados como están, con los pies colgando, les inunda también el trasero, el pedazo de plataforma sobre el que descansan.

—Déjame solo.

—No eres Alfonsina, papá.

—Déjate de pendejadas, que no lo haré por romanticismo.

—Tampoco eres un elefante.

—¿Y solo porque no lo soy, no puedo hacer lo mismo? Ven. Dame un último abrazo.

El anciano siente que nunca nadie lo abrazó en su vida como ahora lo hace su hijo (lo hacen sus hijos) entre lágrimas tan copiosas y saladas como la ola que ahora sí los atraviesa rauda sobre la plataforma.

—Suéltame ya, carajo —ordena el anciano mientras intenta abrir el candado que aprieta sus costillas—. Y ándate.

El muchacho lo suelta, se levanta y empieza a salir lentamente, los ojos anegados, la opresión en el pecho.

El sonido anuncia la ola que viene violenta, amenazando cubrir todo el resto de playa hasta el borde de la montaña, sobre la pantorrilla del muchacho.

Se vuelve. Su padre tiene el agua hasta más arriba del pecho.

—¡Sé humano! —Grita el anciano al mismo tiempo que levanta el brazo y pulgar—. ¡Sean humanos!

Sebastián retorna el rostro al frente y continúa alejándose mientras otra ola revienta sonora. Alcanza a ver que Mayte ha salido de la casa y enfila por la playa hacia el pedrero. Él se detiene y vuelve la vista.

Su padre ha desaparecido.

La fuerza de la ola fue tal que el cuerpo del anciano es empujado dentro de la poza.

Cualquier otro (él mismo, en otros tiempos), en una situación igual, habría empezado a agitar los brazos y a gritar con desesperación, sobre todo cuando una nueva ola entra violenta y sube aún más el nivel, emparejándolo con el resto del mar, desapareciendo completamente todo vestigio de la plataforma.

Se deja ir.

Al contrario de aquellas otras ocasiones en que había estado a punto de morir ahogado. ¿O había muerto efectivamente y regresado? La primera, a los diez, cuando unos compañeros de escuela lo lanzaron a un lago de invierno, y la otra, en el mar, ya de hombre.

¡Cuánto miedo había sentido cuando se dio cuenta que iba a morir! Y tristeza, sobre todo, cuando niño, al pensar en su madre, en su padre, en sus hermanos. En la de adulto, lo agobió la culpa, la vergüenza, la decepción por no haber logrado hasta entonces sus objetivos vitales. ¿Fue negarse a morir como un don nadie su tabla de salvación?

Ahora no hay ni culpa, ni vergüenza, ni decepción. Ha vivido a su manera. Y quiere morir de igual forma. Así que lo que hay es una sensación de paz. De alivio.

Intenta relajarse todavía más, no sentir la necesidad de respirar, de agitar sus brazos -débiles-, como si intentara subirse a una escalera inexistente en el mar. Calcula que ya han pasado cuarenta segundos, largos, interminables. En cuestión de veinte, inhalará agua, balbuceará, toserá e inhalará más y más agua. El agua en los pulmones bloqueará el intercambio de oxígeno en los tejidos -tan delicados– al mismo tiempo la inhalación de más agua bloqueará las vías y lo invadirá una sensación de llanto y una quemazón en el pecho a medida que el agua intente descender por las vías aéreas. Luego lo invadirá una sensación de tranquilidad y comenzará a perder la conciencia, a causa de la privación del oxígeno. Y entonces el paro cardíaco y la muerte cerebral lo devolverán a la nada.

Ahora lo que siente es un zumbido. Abejas. Tiene una colmena dentro de la cabeza. Y luego, las punzadas en las sienes, como si le clavaran un cuchillo en cada una de ellas. Ya no le queda duda: ha llegado el fin. El retorno. Abre el ojo, por comprobar aquello que dicen de la luz brillante. Pero no hay nada. Ni luz, ni esperanza. Sólo oscuridad.

Y entonces unos brazos fuertes levantan su cuerpo y una carga de oxígeno penetra en sus pulmones.

Justo a tiempo.

El resto no tiene importancia.

El muchacho lo conduce a la playa y lo reanima, como tantas otras ocasiones.

Llega Mayte y los observa.

—No pude —explica el chico—. Hoy tampoco pude.

El hastío de la chica es evidente.

Tanto que mete la mano entre sus ropas y saca una pequeña pistola y apunta.

El ir y venir de las olas ahoga el estallido.

Made in the USA
Columbia, SC
20 October 2024

44754970R10113